Aus dem Archiv der Universität Thurikon

Vier Geschichten im Stil der Weird Fiction

von A. M. Berger

A. M. Berger

Aus dem Archiv der Universität Thurikon

Vier Geschichten im Stil der Weird Fiction

Bibliografische Information der Deutschen Nationalbibliothek:
Die Deutsche Nationalbibliothek verzeichnet diese Publikation in der
Deutschen Nationalbibliografie; detaillierte bibliografische Daten sind
im Internet über http://dnb.dnb.de abrufbar.

Zweite Auflage

© 2023, 2024 A. M. Berger

Verlag: BoD · Books on Demand GmbH, Überseering 33,

22297 Hamburg, bod@bod.de

Druck: Libri Plureos GmbH, Friedensallee 273, 22763 Hamburg

ISBN: 978-3-7392-3426-7

Dieses Buch ist H. P. Lovecraft gewidmet.

INHALTSVERZEICHNIS

VORWORT

Vor kaum etwas sträuben wir uns so sehr, wie vor einer Einsicht, die unsere Erkenntnis der Realität auf den Kopf stellen könnte. Solch ein Einblick zieht uns den Boden unter den Füssen weg und entreisst uns den Haltepunkt unserer Wahrnehmung eines unüberschaubaren Universums.

Der Mensch eignet sich mit stetig wachsender Geschwindigkeit neues Wissen an, doch zugleich wächst auch das Bewusstsein darüber, wie viel wir eigentlich nicht wissen. Anstatt dass die Urangst vor dem Unbekannten bezwungen werde, schleicht sie sich an uns heran, um dann, wenn wir es am wenigsten erwarten, über uns herzufallen wie ein Raubtier, uns keinen Ausweg vor der grauenvollen Erkenntnis zu lassen, dass wir wie ein Schiff im Nebel segeln, uns nach einem Leuchtturm sehnen, aber nur Irrlichter finden.

Zugleich wächst unsere Hybris zu meinen, dass wir die Herren über Himmel und Erde sind, dass wir in dieser Realität das letzte Wort haben, und umso grösser wird die Verzweiflung, wenn das Universum uns eines Besseren belehrt, und uns unserer Bedeutungslosigkeit und Unwissenheit ermahnt.

Die Erkenntnisse, welche nicht existieren sollten, werden tief vergraben, auf dass sie, wenn sie aus unserer Wahrnehmung verbannt werden, auch aus der Realität verschwinden.

In der unscheinbaren Universität Thurikon, im gleichnamigen Dorf des Nordostens der Schweiz gelegen, beherbergt das Archiv einige Berichte und Beschreibungen von schwer einzuordnenden Vorfällen. Es sind Erzählungen, die die Grenzen unserer Kapazität, die Realität zu begreifen, überschreiten, und uns mit dem überwältigenden Gedanken konfrontieren, dass diese Realität womöglich viel weitreichender, komplexer und erschreckender ist, als dass wir es uns jemals hätten vorstellen können. Es ist ein unausgesprochener Pakt unter den hellen Geistern, dass diese Geschichten verborgen bleiben, auf dass sie nicht an unserer Realität, oder zumindest an dem, worauf wir uns als vermeintliche Realität geeinigt haben, zerren können.

Hier nun sind vier dieser Geschichten aus dem Archiv der Universität Thurikon.

DAS UNHEIL VON BRÜNIG

1

Ich sortierte den Nachlass von Samuel Reber Willemsen, welcher im Dachboden meiner kürzlich bezogenen Wohnung liegen geblieben war, als durch einen Zufall das ominöse Manuskript in meine Hände fiel. Ich wusste nicht viel von Herrn Reber Willemsen, ausser, dass er einstmals Journalist gewesen und in ebendieser Wohnung an einer unbenannten Krankheit gestorben war. Seine letzten Monate wären nicht nur der Krankheit wegen voller Pein und Kummer gewesen, und wie ich diese, seine Niederschrift las, war mir letztlich nachvollziehbar, wie dies wohl hatte zu Stande kommen können, obgleich ich wohl niemals mit Genauigkeit werde aussagen können, ob all dies sich nun tatsächlich so, wie es beschrieben wurde, zugetragen hatte, oder ob es alles nur ein Auswuchs eines pathologischen Geistes gewesen sei. Aus diesem Grund ist es sicherlich das Angemessenste, wenn ich die Zeilen von Herrn Samuel Reber Willemsen selber sprechen lasse, welche hier nun wiedergegeben sind:

Aufzeichnungen zum Vorfall am Brünigpass im Jahre 1996, von Samuel Reber Willemsen.

Ich hatte nicht vor, meine Erlebnisse niederzuschreiben, denn ich meine, dass kein Mensch, der bei klarem Verstand ist, mir diese Erzählung glauben würde. Doch nun wie ich durch die seltsame Erkrankung, die aus diesem Zwischenfall hervorging, beinahe vollkommen an mein Bett gefesselt bin, so habe ich entschieden, meine Erinnerungen doch noch festzuhalten, auf dass sie der Nachwelt, falls diese einstmals daran Teil haben wollte, erhalten blieben.

Dass ich dazu kam, den Vorfall am Brünigpass aus der Nähe verfolgen zu können, begann mit meiner Anstellung bei der Schaffhauser Zeitung, einem kleinen Blatt mit zugegeben begrenzten Mitteln, welches in dieser nördlichen Gegend der Schweiz gelesen wurde. Als gebürtiger Zürcher war es schon fast eine Peinlichkeit, bei einer kleinen, unbedeutenden Regionalzeitung im urigen Schaffhausen tätig zu werden, und erntete mir nicht wenig Spott von meinen einstigen Studienkollegen, deren Ambition es war, in den grossen Medien unseres Landes, oder sogar des benachbarten Deutschlands tätig werden zu können, um mit ihrer Berichterstattung die Medienlandschaft zu prägen. Ich möchte sagen, dass mir diese Arbeit bei einem regionalen Medium eine wichtige Erfahrung bedeuten sollte, doch bin ich selber nicht sicher, ob dies nun wahrheitsgetreu wäre, oder ob es nur eine Bewältigung meiner Situation gewesen wäre, worin ich auf die Arbeitsofferten bei den anderen, grösseren Medienhäusern verzichten musste, da diese zumeist nur ein Praktikum oder Volontariat anboten, während ich, im Fehlen eines familiären Umfeldes, welches mir finanzielle Unterstützung bieten könnte, auf einen vollwertigen Lohn angewiesen war. Und die Schaffhauser Zeitung war die beste Offerte, die mir einen Solchen bieten konnte.

Auch die Schaffhauser spotteten über diesen Zürcher Journalisten, der nun zu ihnen gestossen war, und ich konnte nicht immer genau erkennen, ob dieser Spott nur gutgemeinter Spass oder tatsächliches Ressentiment war, doch ich entschloss mich die Sprüche und Witze zu ignorieren und mich stattdessen voll und ganz meinem Metier zu verschreiben. Ich weiss bis heute nicht, ob der Chefredaktor mir schliesslich aus Vorliebe, weil er meine Arbeit schätze, oder Verachtung, weil er mich loswerden wollte, den Auftrag gab, der mich fern von Schaffhausen in die Zentralschweiz führte.

Es war um die Zeit, dass ein ambitiöses Bauprojekt gestartet wurde, das eines Scheiteltunnels unter dem Brünigpass für die zwischen Luzern und Interlaken verlaufende Nationalstrasse A8. Diese hätte zu einer neuen zusätzlichen Hauptachse des Strassenverkehrs in der Schweiz werden sollen, die, parallel zur Autobahn A1 verlaufend, diese entlastet hätte. Bekannterweise wurde dieses Projekt nicht nur niemals realisiert, sondern wurde auch jeder Hinweis darauf, dass es überhaupt jemals umgesetzt werden sollte, ausradiert. Massgeblich waren die unheilvollen Geschehnisse, welche ich dort erleben musste, dafür mitverantwortlich, obgleich sicherlich nicht ein einziger Beamter, Politiker oder Strassenbauingenieur ausfindig zu machen wäre, welcher dies offenkundig zugeben würde.

So also machte ich mich einstmals auf in Richtung des Brünigpasses, einer der wahrlich weniger notorischen Bergpässe der Schweiz, welcher den höchsten Punkt auf dem direkten Weg zwischen Luzern und Interlaken darstellte. Ich fuhr bis Luzern, wo ich auf die Brünigbahn umsteigen musste, die Schmalspurbahn, welche sich mithilfe mehrerer Zahnradabschnitte in vergleichsweise gemächlichem Tempo über den Brünigpass quälte. Ich hatte etwa genauso viel Fahrzeit von Zürich bis Luzern wie von Luzern bis Lungern, einem Dorf am Fusse der Brünigpasshöhe, von welchem aus ich die Bauarbeiten des Tunnels erreichen würde. Lungern, am gleichnamigen Lungernersee gelegen, war ein erbärmliches kleines Bergdörfchen, ohne den Charme der Dörfer am Zuger- oder Vierwaldstättersee, ohne gar einen erkennbaren Dorfkern, welches zwischen der Strasse und der Bahnlinie gewachsen war. Hier fand ich bei einer entfernten Verwandten von einem der Redaktoren der Schaffhauser Zeitung eine Bleibe, und ich ahnte, dass einer der Hauptgründe für meinen unüblichen Auftrag für die sonst eher regional ausgerichtete Zeitung der gewesen war, dass eine unentgeltliche Unterkunft zur Verfügung gestanden hatte.

Frau Hartmann, eine unendlich liebenswürdige alte Witwe, in deren geräumigem Landhaus, nicht weit von der Bahnstation, ich ein Zimmer für die Zeit meines Aufenthaltes beziehen sollte, grüsste mich herzlichst als ich ankam. Sie war eine kleine, etwas stämmige ältere Dame, wohl um die siebzig Jahre, mit einem runden Gesicht und grauem Haar, und sie bot mir für den Abend meiner Ankunft ein herzhaftes Nachtessen an, welches ich, ohne zu zögern, annahm. Lediglich Frau Hartmann, ihre Nichte, welche in Luzern studierte und folglich jeden Tag die langwierige Bahnfahrt auf sich nehmen musste, und ich sassen an diesem Abend zu Tisch, die einzigen Bewohner dieses grossen rustikalen Anwesens. Am nächsten Tag würde ich frühmorgens schon aufbrechen, um die Bauarbeiten aufzusuchen, und die Recherchen zu meiner Berichterstattung zu beginnen.

Die Region um den Brünigpass, im Herzen des Kantons Obwalden gelegen, schien gänzlich vom Rest der Welt vergessen zu sein. Obgleich dieser Ort im Zentrum der Schweiz gelegen war, genau auf dem Weg zwischen zwei der grossen Touristenpole, Luzern und Interlaken, so schien es, dem Auge eines Sturms ähnlich, Abseits jeglicher bedeutenden Aktivität, und verlieh mehr noch das Gefühl eines vergessenen Tals in den Bergen als so manche Region der Alpen, welche aufgrund der Touristischen Nachfrage inzwischen weitgehend erschlossen und bebaut worden waren. Und so wäre von diesem Ort, aus der rein geographischen Betrachtung, nicht unbedingt zu erwarten gewesen, dass er ein Hort von eigensinnigem Bergvolk sei, welche ungewöhnliche, teils sogar vorchristliche Traditionen und Bräuche am Leben erhalten würden, oder sich seltsame Legenden und Sagen erzählen. Jedoch fand ich genau eine solche geschlossene Gemeinde vor. Die Art von Dorf, wo die Menschen einen Fremden auf der Strasse unverhohlen anstarren, aber nur widerwillig grüssten; sich zurückziehen und die Fensterläden schliessen, wenn Aussenseiter sich dorthin verirren. Immer mit einer Stimmung, als würden sie uralte Geheimnisse hüten, von denen sie meinten, dass die Fremden diese entweihen würden, wenn sie in das Allerheiligste des Dorfes vordringen sollten. Dorfgemeinden, die sich wie ein Igel verschlossen, wenn sie eine solche Gefahr witterten, und deren wahres Leben niemals den Fremden preisgegeben würde.

Ich wollte den Einheimischen allerdings ihr Verhalten nicht übel nehmen, denn ich teilte nicht die kosmopolitische Überlegenheit der Flachländer, welche meinten, ihre gottlose, hedonistische, dekadente Lebensweise mache sie zu etwas Besserem, sondern meinte nachvollziehen zu können, dass diese Leute erkannten, welchen Wert ihre Abgeschiedenheit darstellte, fern vom Verderben der seelenlosen Moderne, die, so bin ich bis heute überzeugt, nichts anderes ist, als ein durch Bedeutungslosigkeit aufgefülltes Fehlen jeglicher Transzendenz oder Verbindung mit dem Land auf welchem man lebt, welches man Bepflanzt, oder auf welchem man das Vieh weidet.

Und so hielt ich es den Einheimischen auch nicht entgegen, dass sie mir aus dem Weg gingen, als ich mich am nächsten Morgen auf die kurze Wanderung bis zum Objekt meines professionellen Interesses aufmachte, dem Ort, wo sich der Fortschritt buchstäblich einen Weg durch die Ewigkeit der Berge zu bahnen versuchte. Mein Weg führte mich entlang der Hochebene, wo sich das Tal ausbreitete und rund um den Lungernersee weitläufig fruchtbaren Boden preisgab, und welche verborgen lag in einer Umgebung von Bergspitzen und Felswänden, als ob sich inmitten der abweisenden Felsen ein kleiner Paradiesgarten aufgetan hätte, bis hin zur erneuten Verengung dieses Tales, von wo aus sich die Strasse bis zur Passhöhe hinauf schlängelte. Meinen Anweisungen folgend, welche mir detailliert erklärt worden waren, verliess ich die asphaltierte Nebenstrasse in Richtung eines unbefestigten Weges, welcher sogleich in den Wald hineinführte. Hier hatte ich ein weiteres Stück dem noch ebenen Weg zu folgen, bis zur verborgenen Felswand, in welche der Tunnel gebohrt werden sollte.

Der Lärm von mächtigen Dieselmotoren, wie auch die Reifenspuren von Baugeräten im Boden deuteten darauf hin, dass ich auf dem richtigen Weg war, und tatsächlich tat sich mir sogleich nach einer Wegbiegung das Spektakel des rauen, nackten Fortschrittes auf, ein ganzer Ameisenhaufen von Bauarbeitern mit ihren Maschinen und Baustellencontainern, welche wie auf einer Bühne vor dem Hintergrund des bereits angefangenen Tunnelportals standen. Wie man die ganze Ausrüstung bis hierher transportiert hatte, war mir gleichwohl ein Geheimnis, da es keine grössere Zufahrtsstrasse zu geben schien, sondern nur den engen Weg, den ich gelaufen war.

Ich fragte den ersten Bauarbeiter nach meiner Kontaktperson, der treffend genannten Ingenieurin Laura Bergmann, und der Mann deutete, ohne ein Wort zu sprechen, auf einen der Bürocontainer, die in unmittelbarer Nähe des Tunnelportals aufgestellt waren. Als ich mich näherte, sah ich sogleich eine junge Dame, die von ihrem Schutzhelm abgesehen alltägliche Kleidung trug, und lautstark mit einem Bauarbeiter, scheinbar einem Vorarbeiter, diskutierte. Ich konnte allerdings unter dem Lärm des Motors eines leerlaufenden Kippfahrzeuges nicht ausmachen, was gesprochen wurde. Ich näherte mich, und nutzte den Moment, als die Diskussion endete, um auf die Dame zuzugehen. Ich wurde sogleich angeschnauzt, was ich auf der Baustelle zu suchen hatte, der Ton wurde aber etwas sanfter, als ich erklärte, dass ich der Journalist von der Schaffhauser Zeitung war. Ich wurde in den Bürocontainer geführt, wo Frau Bergmann mir erst mal einen Schutzhelm in die Hände drückte, welchen ich jederzeit zu tragen hatte. Anschliessend wurde ich hastig in der Baustelle herumgeführt, wo mir der Fortschritt und die Schwierigkeiten dieses Unterfangens erklärt wurden. Einzelheiten, welche ich nicht mehr im Sinn habe, da sie für mich schon damals nicht von grossem Interesse waren. Ich hatte mit in den Kopf gesetzt, dass diese Reportage in Form einer Allegorie über den Fortschritt, welcher sich rücksichtslos bis in die abgelegensten Regionen seinen Weg bahnt, präsentiert werden sollte. Dies würde ich meiner Gastgeberin natürlich nicht gerade unter die Nase reiben, stattdessen liess ich sie mir den Bau in allen Details präsentieren.

Die Bauarbeiter seien teils Italiener, wurde mir erklärt, aber auch einige Einheimische aus den umliegenden Dörfern, welche sich als Konsequenz einer deprimierten Wirtschaftslage zur Arbeit im Bau entschieden hätten. Die Arbeit kam bis zu diesem Zeitpunkt nur schleppend voran, da sich der Fels als erheblich härter als ursprünglich erwartet herausgestellt hatte. Aus diesem Grund hatte man sich dafür entschieden, Sprengungen vorzunehmen. Und genau an diesem Tag war die erste Sprengung vorgesehen, also war ich, so Frau Bergmann, gerade zum richtigen Zeitpunkt gekommen. Die ganze Baustelle bereitete sich nur noch darauf vor, den Sprengstoff, der bereits in den Felsen eingelegt worden war, zu zünden. Frau Bergmann wies die Arbeiter darauf an, ihre Positionen einzunehmen. Ich wurde gewarnt, dass jetzt gleich gesprengt würde. Einer der Bauarbeiter blies in eine kleine Trompete mit vier Hörnern als plötzlich aus dem Wald Rufe zu hören waren.

„Halt, ufhöre! Halt!", rief eine männliche Stimme. Zwischen den Bäumen erschien ein Mann, wohl um die sechzig Jahre alt, von der altmodischen Aufmachung ohne Zweifel ein Einheimischer der umliegenden Dörfer oder Bauernhöfe.

„Nicht das schon wieder", rief Bergmann aus und legte das Gesicht in die Hände. Es schien wohl, dass diese Art von Situation keineswegs neu war. Sie rief den Arbeitern zu, dass die Sprengung gehalten werde, während der Mann direkt auf sie zukam.

Dieser Mann sprach in einem für mich schwer verständlichen Dialekt, aber was ich von seinem aufgebrachten Gerede ausmachen konnte, war, dass die Bauarbeiten aufhören mussten, um wohl den Berg nicht zu stören, da sonst ein schreckliches Unheil über uns alle kommen sollte. Der Mann war fast hysterisch in seinem Verhalten, Bergmann aber blieb ruhig, griff ihn an den Schultern und führte ihn von der Baustelle weg. Der Mann gab bald nach, er sah wohl, dass seine Warnrufe vergebens waren, und beliess es dabei, im Weglaufen weiterhin seine Mahnungen zu proklamieren. Bergmann besprach derweil mit dem Vorarbeiter, ob die Sprengung endlich gezündet werden konnte. Nach einem kurzen Moment bejahte dieser schliesslich.

Erneut erklang ein erster Ton des Warnhorns, dann zweimal nacheinander. Anschliessend betätigte ein Arbeiter den Zünder, indem er an einem kleinen Kästchen eine Kurbel drehte. Kurz darauf waren mehrere dumpfe Knalle aus dem Berg zu hören, welche die Erde beben liessen, und eine Rauchschwade schoss sogleich aus dem Tunnelportal heraus, die uns alle umnebelte.

Als sich nach einer Weile die Staubwolke verzogen hatte, begann der Ameisenhaufen dieser Baustelle wieder zum Leben zu erwecken. Mehrere Arbeiter liefen hin und her, wohl um zu prüfen, dass alles richtig gelaufen sei. Frau Bergmann bot mir an, sie zur Prüfung der gesprengten Stelle zu begleiten, was ich trotz gewisser Vorbehalte letztlich nicht ablehnte.

Eine kleine Gruppe die aus Frau Bergmann, dem Vorarbeiter Urs, zwei Sprengmeistern und mir bestand, betrat den noch immer von Staub und Rauch befüllten Tunnel, und hatten um die hundert Meter zu laufen. Mir fiel auf, dass es schon nach wenigen Metern überraschend warm war, wo doch das Herbstwetter draussen ziemlich frostig war. Ich fragte Bergmann, ob die Wärme am Sprengstoff liege, doch sie verneinte, und erklärte, dass es wahrscheinlich Erdwärme war. Ich erkannte an ihrer Stimme aber, dass sie selber nicht von dieser Erklärung sehr überzeugt war, zumal ich auch meinte, ein Tunnel von kaum hundert Metern Tiefe könne unmöglich solche Mengen an Erdwärme freisetzen.

Der Nebel wurde immer Dichter wie wir uns an die gesprengte Stelle näherten, und machte das Atmen schwer. Wir hielten uns Tücher vor Mund und Nase, um nicht allzu viel der Schadstoffe einzuatmen. Bald waren vor uns viele Steinbrocken zu erkennen, die auf dem Boden lagen, offensichtlich aus dem Berg gesprengt. Mit unbestreitbarem Stolz schauten Bergmann und ihre Vorarbeiter auf ihr Werk, die Sprengung war phänomenal gelungen, und hatte ein ganzes Stück freigelegt. Nun müsste nur noch der Schutt abgetragen werden, und man könnte die nächste Sprengung angehen. Bergmann wollte mir gerade erklären, wie die Sprengungen gehandhabt wurden, als ich plötzlich aus dem Augenwinkel sah, was nach einer grossen Stichflamme aussah. Ich drehte mich sofort um, und sah nur noch, wie einer der Sprengmeister von Flammen umhüllt war. Er versuchte noch ein paar Schritte zu laufen, nur um kurz darauf völlig verkohlt hinzufallen.

Erst Bergmanns Rufe holten mich aus meiner Schockstarre: „Gas! Alle raus, sofort!"

2

Ich rannte so schnell ich konnte durch den noch vernebelten Tunnel nach draussen, und während ich lief meinte ich plötzlich im Vorbeirennen eine seltsame Erscheinung gesehen zu haben: Es schien wie ein Strohballen, vielleicht etwas weniger als einen Meter hoch, doch lag es nicht reglos am Boden, sondern schien sich tänzelnd hin und her zu bewegen, und die losen Strohhalme, aus denen es bestand, flatterten mit jeder Bewegung herum. Diese Erscheinung begleitete mich mit ihren tänzelnden Bewegungen kurzzeitig, und obgleich ich zweifelte, ob ich tatsächlich im Nebel und der Dunkelheit des Tunnels etwas gesehen hatte, so schien es mir vollkommen real und klar definiert, als dass es nur ein Gespinst von mir gewesen wäre.

Draussen hatte sich unter den anderen Arbeitern bereits ein kleiner Aufruhr gebildet, da sie die Rufe gehört hatten, und anschliessend sahen wie unsere kleine Gruppe aus dem Tunnel gerannt kam. Der Vorarbeiter Urs, der mit uns im Tunnel gewesen war, war ein Mann um die vierzig Jahre und von türmender Grösse, wohl fast zwei Meter hoch und mit breiten Schultern, der einem buschigen Vollbart trug. Er nahm langsam einige Schritte in Richtung der versammelten Gruppe, welche sogleich ihren Blick auf ihn richtete, als wüssten sie, dass er etwas Wichtiges zu sagen hatte. Er sah in die Gesichter der Arbeiter und sagte schliesslich nur: „S'isch a Woüti."

Die Reaktion fiel unterschiedlich aus, einige Arbeiter schienen nicht zu wissen, wovon der Mann sprach, doch andere hingegen waren wie versteinert, liessen ihr Werkzeug fallen und liefen langsam zurück, als stünde etwas Schreckliches vor ihnen. Ich bemerkte, dass es die einheimischen Arbeiter waren, die so reagierten, während die Italiener eher unbeeindruckt schienen und in Unverständnis Blicke austauschten. Auch war ich überrascht, dass dieser Mann nichts über den soeben verstorben Arbeiter sagte, ganz so, als wäre das von geringerer Bedeutung gewesen.

Bergmann versuchte die Gemüter zu beruhigen, indem sie erklärte, dass sie lediglich auf eine Gasblase gestossen waren, und alle notwendigen Messungen baldigst durchgeführt würden, doch es war der Vorarbeiter selber, der ihr nun sagte, dass dieser Bau nicht fortgeführt werden könne. Eine Aussage, die auf völlige Verständnislosigkeit traf, doch er bestand immer und immer wieder darauf, dass sie den Berg nicht stören dürften. Der Vorarbeiter blieb in der Diskussion standhaft, und nach kurzer Zeit liessen alle einheimischen Arbeiter, von ihrem Vorarbeiter angeführt, alles stehen und liegen, und liefen von der Baustelle fort, wodurch nur noch die italienischen Arbeiter zurückblieben.

Ich fragte Bergmann, was es mit dieser Sache auf sich hatte, und sie erklärte mir, dass dieses „Woüti" eine Legende unter den Schweizer Bergvölkern sei, eine Art geisterhafte, unförmige Erscheinung, die sie als Vorbote für etwas Schlimmes sehen. Alles nur altertümlicher Aberglaube rückständiger Bergvölker, versicherte mir Bergmann. Zugleich zog mich aber dieser Aufprall zwischen dem Vorstoss der Moderne und dem altmodischen Aberglauben sehr an, ich empfand es als gerade die Art von Metapher für die Auswirkung des Fortschrittes, nach welcher ich gesucht hatte, und nahm mir vor, diesen Legenden und vor allem den Leuten, die sie am Leben hielten, weiter nachzugehen. Unter einem Vorwand verliess ich die Baustelle und lief so schnell ich konnte in Richtung Dorf, in der Hoffnung noch die anderen Arbeiter zu erreichen.

Ich konnte den Vorarbeiter Urs, den ich an seiner Grösse und Kleidung auch von hinten erkannte, einholen, sah aber keinen der anderen Arbeiter. Sie hatten sicherlich bereits ihre eigenen Wege eingeschlagen. Urs lief in Richtung des westlichen Seeufers des Lungernersees, welches gegenüber des stärker besiedelten Ostufers lag. Ich entschied mich erst mal ihm diskret zu folgen, und lief eine ganze Weile in grosszügigem Abstand hinter ihm her, entlang des malerischen Uferweges, der am See entlangführte. Das westliche Ufer des Sees war im Gegensatz zum Östlichen, welches ein Plateau bildete, direkt am Berghang.

Nach einer Weile aber flachte auch auf dieser Seite das Gelände etwas ab, und eine kleine Siedlung von kaum mehr als einem Dutzend Häusern wurde sichtbar. Als ich die hübsche kleine Kapelle dieses Dorfes erreichte, welche direkt an dem Weg gelegen war, den ich entlangkam, hatte ich plötzlich Urs aus den Augen verloren. Ich lief etwas schneller voran, in der Annahme, dass er vielleicht schon um die nächste Kurve gegangen und mir deshalb aus dem Blick gefallen war. In dem Moment sprang er hinter der Kapelle hervor, griff mich an den Oberarmen, und presste mich gegen die Wand. Ich erschrak fast zu Tode.

„Wer bist du, warum läufst du mir nach?", fragte er mich.

„Reber, Samuel Reber", stammelte ich, „ich bin Journalist."

„Journalist?", wiederholte Urs und stiess mich erneut an die Wand, „ihr seid doch alle ein Pack, wollen wohl über uns herziehen, irgendwelche Lügen verbreiten."

„Überhaupt nicht, es ist nur...", ich versuchte angemessene Worte zu finden, die ihn überzeugen könnten, „was sie an der Baustelle gesagt haben. Dieses Woüti. Ich meine, dass ich es auch gesehen habe."

Nun lockerte sich sein Griff, und er liess mich kurz darauf los, blieb aber bedrohlich vor mir stehen.

„Sie haben das Woüti gesehen?", fragte er mit zusammengekniffenen Augen.

„Ich... vielleicht. Es war eine seltsame Erscheinung, wie ein Strohballen. Ich habe es nicht genau gesehen, aber es war etwas Unwirkliches."

Als ich den Strohballen erwähnte, weiteten sich Urs' Augen und er nahm einen Schritt zurück.

„Also doch ein Woüti...", murmelte er für sich selber.

„Was ist dieses Woüti?", fragte ich.

„Das ist schwer zu erklären. Es ist... es ist besser, wenn sie gehen. Weit weg von hier", sagte Urs. Dann machte er sich weiter auf den Weg in Richtung des Dorfes. Ich lief ihm nach und fragte mehrmals erneut nach diesem Woüti, worauf er mich, ohne ein Wort zu sagen, abwinkte. Ich stellte mich irgendwann direkt vor ihn und bestand darauf, dass er mir antworte. Er sah mich eine Weile an und seufzte. Dann bat er mich, ihm zu folgen, und führte mich zu seinem Haus.

Wir liefen einen Weg, der den Hang hinaufführte, entlang, bis zu einem Holzhaus, ähnlich den anderen dieser kleinen Siedlung, allerdings kleiner als die meisten, und er bat mich hinein. Ich betrat ein altmodisches, spärlich eingerichtetes Heim, einfache Holzmöbel richteten eine kleine Stube ein, und am Fenster stand ein rustikaler kleiner Holztisch mit vier Stühlen, wo Urs mich bat, mich zu setzen. Er setzte sich mir gegenüber, nahm dann seine Pfeife und eine Dose mit Tabak hervor, stopfte sich erst mal die Pfeife, und zündete diese dann an. Es schien, er brauchte dieses kleine Ritual, um sich zu fassen für das, was er mir sogleich vortragen wollte.

„Das Woüti", begann er, „ist wie ein Geist, oder eine Erscheinung. Schwer zu erklären, auf jeden Fall ist es etwas Übernatürliches. Meistens erscheint es als eine unförmige Masse, ohne klare Definition oder Gesicht. Wir haben seit eh und je Legenden gehört, die in den Dörfern der Berge weitergegeben werden.

Wissen sie, hier in den Bergen gelten gewisse andere Regeln. Wir waren schon immer sehr abgeschottet vom Rest der Welt, oftmals waren wir sogar monatelang vollkommen abgeschnitten von jeder sonstigen Zivilisation. Das Überleben war für uns nichts Selbstverständliches, und oft sind bis in späte Epochen Menschen gestorben, wenn sie im Winter von den Normen der Bergvölker abgekommen sind. Nicht etwa, weil wir irgendwie dagegengestemmt haben, aber weil diese Normen aus dem hervorgingen, was für das Überleben in solchen Orten notwendig war. Das, was andere als Legenden bezeichnen, als Ammenmärchen, das sind für uns Überlieferungen, denen wir viel Wert erteilen.

Zugegeben, ich selber und viele andere meiner Generation, nehmen diese Geistergeschichten nicht sehr ernst. Es ist ja nicht das Gleiche, wenn es darum geht, genügend Vorräte und Feuerholz für den Winter zu haben, oder dass die Hütte richtig gebaut wird, oder wenn man über solche Phantasmen erzählt. Aber irgendwo bleibt das dann trotzdem im Hinterkopf. Mir hat meine Grossmutter solche Sachen erzählt, und ich würde mich niemals trauen, all das einfach in den Wind zu schlagen. Und dann das Woüti so klar zu sehen, vor mir, dort im Tunnel..." Er schauderte sichtlich bei diesem letzten Satz.

„Aber was ist denn dieses Woüti nun genau?", fragte ich. Trotz seiner Ausführungen konnte ich nicht ganz begreifen, warum ihn diese Erscheinung so erschreckte, und konnte nur annehmen, dass diese irgendeine Gefahr oder Vordeutung barg.

„Wie ich sagte, ich kann ihnen nicht sagen, was es genau ist."

„Aber warum erschreckt es sie dann so sehr?"

„Das Woüti ist ein Vorbote für ein kommendes Unheil, es kann ein Unfall sein, eine Krankheit oder... etwas schlimmeres."

„Etwas schlimmeres?", hakte ich nach.

„Es sind alte Legenden, ich weiss nicht, was sie tatsächlich bedeuten", wich Urs mir aus. Ich merkte, er wollte mir nicht sagen, woran er tatsächlich dachte. Er schaute durch das Fenster neben dem Tisch, draussen dämmerte es. Einige Leute, nicht wenige, liefen draussen vorbei, was mir auffällig erschien, zumal beim Ankommen in dieser kleinen Siedlung niemand zu sehen gewesen war. Nun liefen mehrere Leute vorbei, ich bemerkte, dass sie Brennholz mit sich trugen.

„Es wird spät", sagte Urs plötzlich, „sie müssen jetzt gehen, damit sie den Weg bis Lungern schaffen."

Er stand auf, in der offensichtlichen Absicht, mich nach draussen zu führen. Ich war unzufrieden, dass Urs mir nicht alles erzählt hatte, was er wusste, doch ich befand es für zwecklos, weiter nachzufragen. Ich würde später wieder auf ihn zukommen, denn ich wusste, dass man oftmals über wiederholte Treffen mehr von jemandem herausbekam, als wenn man sich zu sehr aufdrängte. Die Gewohnheit machte einen zu einem bekannten Gesicht, und führte den anderen dazu, sich weiter zu öffnen.

Urs begleitete mich nach draussen und lief mit mir runter ins Dorf, und dann ein Stück den Weg am See entlang aus dem Dorf hinaus, in die andere Richtung als von der wir zuvor hergekommen waren. Erneut fielen mir die Leute auf, die mit Brennholz in den Armen an mir vorbeigingen. Sie schienen in Richtung der Kapelle zu laufen, und starrten mich im Vorbeigehen an, als wäre ich eine Art von Ungetüm, welches sie noch nie zuvor gesehen hatten. Als wir das letzte Haus hinter uns gelassen hatten, zeigte er mir den Weg zurück nach Lungern, um den See herum, und ging anschliessend wieder zurück.

Ich erwog kurzzeitig, folge zu Leisten und zu meiner Unterkunft zurückzulaufen, doch die Verwunderung über die Dorfbewohner, welche ich nun gesehen hatte, mehr und mehr Brennholz zur Kapelle bringen, liess mich nicht los, denn ich kam nicht um den Verdacht herum, dass sich etwas Bedeutsames dahinter verbarg. Wieso sonst, würde man einfach Brennholz irgendwo mitten im Dorf hinlegen? Was aber nun genau damit erreicht werden sollte, von der höchstwahrscheinlichen Verbrennung dessen abgesehen, war mir ganz und gar schleierhaft.

So entschied ich, die weitere Entwicklung dieses seltsamen Bergvolkes zu beobachten, indem ich mich, ein Stück abseits des Weges den Hang hinauf, hinter einem dichten Gebüsch postierte, welches mir erlaubte, mich zu verbergen, aber zugleich eine Position mit gutem Ausblick auf das Dorf war, vor allem auf den kleinen Vorplatz neben der Kapelle, wo immer mehr Brennholz gestapelt wurde.

Als es schon dunkle Nacht war, wurde der bereits beträchtliche Holzstapel, welchen ich im Licht einer einsamen Strassenlaterne ersehen konnte, noch immer weiter im gleichen mechanischen Rhythmus mit mehr Brennholz vergrössert. Inzwischen lauerte mir die Kälte auf, denn aufgrund der kühlen, aber milden Herbsttemperaturen am Tag trug ich keine sonderlich warme Kleidung, lediglich eine leichte Jacke, doch die Nacht kühlte nun merkbar ab. Ich bereute es nun, mich hinreissen gelassen zu haben, diesem scheinbar sinnlosen Schauspiel zuzusehen, von welchem ich inzwischen bezweifelte, dass es irgendeine tiefgreifende Bedeutung haben würde.

Wie ich schon seit einigen Stunden der verborgenen Betrachtung erwartet hatte, wurde dieser Scheiterhaufen, der im Laufe des Nachmittags zusammengetragen worden war, nun endlich in Brand gesetzt. Es dauerte nicht lange bis ein riesiges Feuer loderte. Ich wünschte mir in dem Moment, näher dran zu sein, wenn auch nur um mich daran aufwärmen zu können, um der bitteren Kälte, die mich inzwischen umgab, entfliehen zu können. Doch ich blieb verborgen, und beobachtete, was sich weiterhin zutrug.

Als das Feuer richtig in Gang gekommen war, begannen die Dorfbewohner sich kreisförmig um den Scheiterhaufen hinzustellen. Eine Zeit lang standen sie regungslos da, und starrten auf die Flammen, dann begannen sie sich zu bewegen, der Menschenkreis drehte sich ein wenig in eine Richtung, dann in die andere, immer tänzelnd hin und her. Die Bewegung begann sanft und langsam, wurde dann erratischer und intensiver. Wie hypnotisiert starrte ich auf diesen seltsamen Reigen, unfähig meinen Blick von diesen faszinierenden Bewegungen abzuwenden. Es hatte eine fast schon einschläfernde Wirkung auf mich, doch ich riss mich zusammen.

Nach meinem kurzen Moment der Schwäche schaute ich erneut auf das kuriose Spektakel und meinte, plötzlich mehrere dieser Strohballen zu sehen, wie ich einen davon im Tunnel gesehen hatte. Fünf an der Zahl konnte ich erkennen, die im gleichen erratischen, unnatürlichen Rhythmus um das Feuer tanzten, wie die Dorfbewohner.

Die Kälte wurde, so kam es mir vor, immer schlimmer, dass es mit meiner leichten Kleidung kaum noch auszuhalten war. Auch meine Nase lief nun, und irgendwann konnte ich mir ein Niesen nicht verkneifen. Ich versuchte, indem ich in die Ellenbogenhöhle nieste, das Geräusch so gut es ging zu dämpfen, und glaube zuerst, dass man mich nicht gehört hatte. Doch einen Augenblick später sah ich eine dunkle Silhouette auf mich zu rennen. Aufgrund der Dunkelheit sah ich diese erst als sie nur noch wenige Meter von mir entfernt war. Ich versuchte aufzustehen, um vor dieser furchteinflössenden Erscheinung zu fliehen, doch ich hatte so lange am eiskalten Boden gekauert, dass es mir mühsam war, mich zu bewegen. Die Figur griff mich an den Armen.

„Ich habe ihnen doch gesagt, sie sollen hinfort", sagte die Person, die ich nun an der Stimme als den Vorarbeiter Urs erkannte, „sie werden die Zeremonie stören."

Ich schaute an Urs' dunkler Silhouette vorbei und erkannte, dass die seltsamen Strohballen, die Woüti, nicht mehr dort waren. Eine weitere Person näherte sich, und ich konnte an deren Silhouette erkennen, dass sie ein Gewehr oder eine Flinte mit sich trug.

„Furt vo do!", sagte der andere, der nach einem älteren Herrn klang, in einem starken Dialekt und mit drohendem Ton. Mir blieb keine Wahl, als das Dorf zu verlassen, und in der Dunkelheit den Weg zurück nach Lungern zu finden. Jedoch ging ich nicht ohne zuvor nochmal nach dem seltsamen Reigen um das Feuer zu sehen, die Woüti sah ich allerdings nicht mehr.

3

Der Chefredaktor war von meinen Recherchen wenig begeistert, als ich am nächsten Tag mit ihm telefonierte. Er sagte sehr klar, dass ich nicht entsandt worden war, um irgendwelchen hinterwäldlerischen Aberglauben zu dokumentieren. Es war wohl auch nicht hilfreich, dass ich die Woüti-Erscheinungen verschweigen musste, diese hätten meine Schilderung in fremden Augen wohl nur noch lächerlicher gemach. Ein solches Erlebnis, welches schon für mich selbst schwer zu begreifen war, hätte ich unmöglich in glaubhafter Weise weitergeben können.

So blieb mir keine andere Wahl, als diese seltsamen Erlebnisse beiseitezulegen, und erneut die Bauarbeiten aufzusuchen, um die Arbeit dort weiter zu begleiten. Frau Bergmann war nach einem Telefonat gerne bereit, mir weiterhin Zugang zur Baustelle zu gewähren. Das Gespräch lief ab, als hätte es am Vortag kein Zerwürfnis gegeben, und ich nahm an, dass auch sie diesen unangenehmen Vorfall, gleich nach dem Tode eines Arbeiters, lieber vergessen wollte, um stattdessen fortzufahren, als sei nichts geschehen.

Die Enttäuschung war allerdings gross, als ich bei der Baustelle ankam und sogleich sah, dass alles stillstand, und nur eine kleine Gruppe von Arbeitern überhaupt vor Ort war. Laura Bergmann begrüsste mich freundlich, und erklärte mir, dass aufgrund des Gasaustritts am Vortag die Arbeit vorläufig eingestellt worden war, und nun neue Analysen durchgeführt wurden, um weitere Gefahrensituationen zu verhindern. Offensichtlich waren immer wieder Stichflammen beobachtet worden, obwohl eigentlich alle geologischen Studien ergaben, dass in diesem Berg keine nennenswerten Mengen an Erdgas vorhanden sein sollten. Auch hatten ausnahmslos alle einheimischen Arbeiter gekündigt, wodurch sie nun erneut anderorts Leute anheuern mussten.

„Aber da wir im Moment sowieso nicht weiter Bohren können, macht das im Moment auch keinen grossen Unterschied", sagte Bergmann verdrossen.

Ich kam nicht drumherum all diese ungewöhnlichen Vorfälle mit den Erzählungen von Urs sowie auch meinen eigenen Erlebnissen in Verbindung zu bringen, und sie als weiteres Indiz dafür zu sehen, dass das, was hier geschah, auf einer gänzlich anderen Ebene der Realität zutrug, als man aus rationaler Betrachtung eigentlich hätte meinen sollen.

„Meinen sie, dass die folkloristischen Erzählungen des hiesigen Bergvolkes diese Reaktion der Arbeiter überstürzt hat?", fragte ich, und bekam als erste Reaktion ein Augenrollen.

„Ich kenne mich mit solchem Aberglauben nicht aus", sagte Bergmann trocken, „wir hatten leider einen Unfall und ich kann mir vorstellen, dass das einige Leute erschreckt hat. Leider kann so etwas in seltenen Fällen vorkommen."

„Aber man erzählt sich offenbar Geschichten von einem Unheil, das in diesem Berg lauert, meinen sie nicht, dass der Ursprung solcher volkstümlichen Legenden vielleicht eben solchen unerwarteten Gefahren entstammt?", hakte ich nach, unfähig das Thema endgültig zu überwinden, doch ohne eine ernsthafte Antwort zu bekommen. Allerdings hatte ich Bergmann falsch eingeschätzt und sie wurde nun aggressiv und ausfallend.

„Herrgott nochmal, wenn sie irgendwelche Märchengeschichten hinrotzen wollen, dann können sie das meinetwegen tun, aber belästigen sie mich nicht damit. Wir haben grössere Probleme, die wir angehen müssen. Guten Tag." Und hiermit war die Konversation beendet, Bergmann entfernte sich, um weiter ihrer Arbeit nachzugehen. Mir wurde unwohl, dass ich nun scheinbar endgültig die Geduld von Frau Bergmann verspielt hatte, und damit auch meiner Aufgabe, zum Verdruss des Chefredaktors, nicht mehr gerecht werden würde.

Ein anderer Arbeiter näherte sich, noch bevor ich entschieden hatte, was ich nun tun sollte, da man mich einfach mitten auf der Baustelle hatte stehen lassen.

„Machen sie sich nichts draus", flüsterte er mir zu, „Frau Bergmann ist sehr nervös, sie steht unter Druck, dass die Arbeit vorankommt. Aber keiner von uns versteht wirklich, was hier vor sich geht. Es gibt keine Anzeichen für Gas, wir nehmen einfach an, dass die Stichflammen deshalb entstehen, aber eigentlich haben wir keine klaren Indizien dafür."

„Sie sind Geologe?", fragte ich.

„Ja, Entschuldigung, Mäder mein Name, Jakob Mäder. Ich war von Anfang an bei den geologischen Studien involviert. Ich bin seit zwanzig Jahren Geologe, und lassen sie mir ihnen eines sagen, etwas wie hier habe ich noch nie erlebt. Nichts von alledem was wir bisher hier beobachtet hat gehorcht jeglicher Logik der Geologie. Es ist fast wie... na ja."

„Ja?", fragte ich gierig.

„Ich habe sie überhört, sie haben über den Aberglauben gefragt und... mein Grossvater kam auch aus den Bergen, nicht weit von hier. Er hat mir alle möglichen Geschichten erzählt, hat mir regelrecht Angst gemacht, als ich klein war. Ich bin ein Mann der Wissenschaft und kann solchen Erzählungen wenig Glauben schenken, wir werden schon eine Erklärung dafür finden, und wenn sie noch so unwahrscheinlich ist. Aber was sie vorhin gesagt haben, von der Folklore..."

„Dass die Folklore einen Ursprung in altertümlichen Erkenntnissen hat, meinen sie?"

„Genau. Ich sehe es genauso, ich denke, diese Erzählungen sind nicht nur Märchen, sondern einfach abgewandeltes Wissen aus alten Zeiten. Wenn wir das sachlich betrachten, ergibt es doch Sinn: manche Leute beobachten etwas, und geben dieses Wissen weiter, nur konnten sie es ihrer Zeit nicht einordnen, wie wir das heute können."

Ich nickte wieder und wieder als Mäder mir seine Ausführungen unterbreitete, es traf sich in gewisser Weise mit meinen eigenen Betrachtungen, obgleich ich, anschliessend meiner jüngsten Erfahrungen, den Weg auch gerne weiter in Richtung der seltsamsten übernatürlichen Phänomene gegangen wäre. Doch ich verzichtete darauf, ihn mit diesen Geschichten, welche mir selber bisher kaum verständlich waren, anzufeinden.

„Diese Baustelle wird noch mindestens ein paar Wochen stillstehen", fuhr Mäder fort, „wenn sie dieses Thema interessiert, kann ich ihnen nahelegen, einen bekannten von mir zu besuchen, Professor Hottinger an der Universität Thurikon. Er studiert Geschichte, hat aber auch eine grosse Vorliebe für solche apokryphen Legenden und Sagen. Er kann ihnen bestimmt weiterhelfen."

Der Hinweis schien mir umso wertvoller, wie es schien, dass diese Bauarbeiten in nächster Zeit kaum Stoff für meine Berichterstattung hergeben würden, und ich telefonierte noch an diesem Abend an die Universität Thurikon, wo Professor Hottinger, mit grossem Interesse an meinen Erfahrungen, sich gerne bereit erklärte, mich am Tag darauf zu empfangen. Ich machte noch an diesem Abend alles bereit, um früh am nächsten Morgen abreisen zu können, und so zu einer anständigen Zeit beim Professor einzutreffen.

Ich brach bei Sonnenaufgang auf, und erreichte nach einigen Stunden wieder das altbekannte Flachland, wo statt Bergspitzen, Seen und Aberglaube nun Städte, Autobahnen und Habgier herrschten. Mit der kleinen Thurtalbahn erreichte ich gegen Nachmittag das Städtchen Thurikon und durchquerte vom Bahnhof aus die malerische Altstadt in Richtung der Universität, die gerade Ausserhalb des Stadtkerns gelegen war. Ich gelangte nach einem kurzen Fussweg zum imposanten Gebäude aus dem 19. Jahrhundert, welches von einer weitläufigen Grünanlage eingerahmt wurde. Am Empfang wies man mich in den Nordflügel des Universitätsgebäudes, wo im zweiten Stock, ganz hinten, das Arbeitszimmer von Professor Hottinger zu finden war. Ich klopfte an, und nachdem ein „herein" von drinnen kam, trat ich ein.

Hottingers vom Pfeifenrauch vernebeltes Arbeitszimmer war an der Ecke des Gebäudes gelegen, und besass Fenster in zwei Richtungen, während die anderen Wände fast vollkommen mit Bücherregalen bedeckt waren. Aus einem der Fenster war die Altstadt zu sehen, aus dem anderen die Parklandschaft, die das Universitätsgebäude umgab und, in der Ferne, fuhren ab und zu die roten Züge der Thurtalbahn vorbei. Hottinger selbst war ein stämmiger Mann von fünfundsechzig Jahren, mit wenigen weissen Haaren auf dem Kopf, und einem ordentlich gepflegten weissen Vollbart. Er paffte an einer Pfeife, während er über einige Bücher auf seinem Schreibtisch brütete.

„Bitte, kommen sie rein", sagte Hottinger, ohne den Blick zu heben, „ich fand ihre Ausführungen äusserst interessant, denn sie haben mich an etwas erinnert, dass ich einmal gelesen habe... ich versuche das gerade wiederzufinden... nun gut." Nun hob er den Blick und streckte mir die Hand zur Begrüssung aus. Dann deutete er auf einen Stuhl, dass ich mich setzen solle.

„Dann ist ihnen diese Legende nicht fremd?", fragte ich.

„Ich könnte schwören, etwas gelesen zu haben, was genau in ihre Beschreibung passt, und auch in etwa aus dieser Region kam. Dass sich das dann auch mit diesen seltsamen Unfällen an der Baustelle traf, wie sie beschreiben, macht das ganze natürlich überaus kurios. Manche Leute, wie auch mein Freund Jakob, sind ja der Ansicht, dass diese Legenden irgendwo mit der Wahrnehmung über verschiedene natürliche Phänomene zusammenhängen. Das ist natürlich immer eine Möglichkeit, die man in Betracht ziehen muss."

„Was ich gesehen habe", erklärte ich, „war alles andere als ein natürliches Phänomen."

„Das Woüti, sagen sie."

„So haben es die Einheimischen genannt, ja. Im Tunnel hätte ich das gut und gerne als eine Halluzination abgetan. Aber bei diesem Ritual, ich habe sie so klar gesehen, wie ich sie vor mir sehe. Keine fünfzig Meter von mir weg, und im hellen Licht des Feuers."

„Wie genau hat sich denn nun ihr Erlebnis zugetragen?"

Ich erklärte Professor Hottinger so detailliert wie mir es meine Erinnerungen erlaubten, wie das ganze seltsame Ritual im Dorf vor sich gegangen war, der grosse Scheiterhaufen, der seltsame Reigen und die tänzelnden Woüti. Er hörte mir zu und nickte immer wieder, während er sich eine Pfeife stopfte. Als ich mit meinen Ausführungen fertig war, blieb er eine Weile nachdenklich und machte ein ernstes Gesicht. Dann hob er urplötzlich seinen Blick und starrte mich an.

„In der Tat, das muss wohl…", begann er, „aber das wäre sehr besorgniserregend."

„Was denn?", fragte ich ungeduldig. Hottinger stand auf, ging zielgerichtet zu einem der Bücherregale und holte ein schweres, in Leder gebundenes Buch hervor.

„Wie sie das Ritual beschrieben, kam es mir schliesslich in den Sinn, denn es hat sich damals ähnlich zugetragen", erklärte er und brachte das grosse Buch rüber, „zumindest, wenn wir den Aufzeichnungen glauben, die meistens halt aus zweiter oder dritter Hand entstanden."

Er legte das Buch vor mir auf den Schreibtisch, und lehnte sich über meine rechte Schulter, während er diesen archaischen Einband aufschlug. Darin sah ich Faksimile von alten Schriften, wohl aus dem Mittelalter oder wenig später, welche zumal mit Zeichnungen dekoriert waren, oder gar unter einer grossen Zeichnung aufgeschrieben waren.

„Das hier ist eine Sammlung von Flugblättern und Chroniken, welche von verschiedenen Geschehnissen in den Bergen zeugen", erklärte Hottinger, während er blätterte, „vieles davon ist weitgehend klar, ein Erdrutsch, eine Flut, ein besonders starker Schneesturm. Andere hingegen sind weniger nachvollziehbar, und ein Bericht ist dem ihren sehr ähnlich... hier." Er fand die Seite, die er wohl gesucht hatte. Mir fiel sofort das Bild auf, welches einen grossen Scheiterhaufen zeigte, um welchen einige Leute zu tanzen schienen.

„Hier, sehen sie", sagte Hottinger und zeigte auf etwas, was nach einer Art Strohballen aussah. Man hätte es aufs Erste als einen stilisierten Lichteffekt oder sonstiges Ornament abtun können, doch ich erkannte darin sofort das Woüti, wie ich es gesehen hatte.

„Das Woüti", platzte es aus mir heraus, und ich schaute auf Professor Hottinger, der nickte.

„Lesen sie", sagte der Professor.

Den Text gebe ich hier wieder, wie er auf dem Faksimile stand:

ANNO M. CD. LXXII. ZU MEGERINGEN / ES KAM EIN BOTE AUS DEN DORFEN ZU BRÜNNIG IN DEN TÄLERN DER BERGE ZU MEGERINGEN / DER ERZÄHLTE VON EIN GAR ERSCHRÖCKLICH UNHEIL DAS KOMMEN SOL / DENN MAN HATTE DORT GESEHN EIN WOITI / WELCHES VERKÜNDT DIE SCHLIMMSTEN SCHRECKEN / UND ES TRATEN FLAMMEN AUS DEM BERGE HERVOR WO ES SONST NUR HAT SCHNEE UND EIS. UND ES WARD GESAGT /

ES SEY DAS JUNG WEYB VOM SCHMIEDE / WELCHE SEY EINE HEX DIE
GESTÖRT HAT DEN LEBENDEN FELS / ALS SIE BAUN WOLLTE EINEN
BRUNNEN. SO ENTSCHIED DER RAT DER DÖRFER DEN ALTEN BRAUCH DES
FEUERREIGEN / WELCHER SOLLTE BESENFTIGEN DEN LEBENDEN FELS / UND
ES KAMEN DIE WOITI ZUM REIGEN / DOCH EIN REISENDER TRAT IN DIESER
NACHT HERBEI / DIESER VERSCHIICHTE DIE WOITI WIEDER / UND SO
KONNTE DER LEBENDE FELS NICHT BESÄNFTIGT WERDEN.

Ich blätterte weiter.

UND DIE WOITI KAMEN NICHT MEHR WIDER / WIE MAN AUCH DEN
FEUERREIGEN ERNEUT ANGING. DREI TAGE UND DREI NÄCHTE SPÄTER
ENTSPRANG VON DEM FELSE DER LINTWURM / DER GROSS WAR WIE EIN
TURM / SEIN KOPF GROSS WIE ZWEI OCHSEN / UND SEIN SCHWANZ WIE
EINE HOHE TANNE. DER LINTWURM BRACHTE GROSSES LEYD UND
SCHRECKEN ÜBER DIE DORFE / WO FIEL SEIN SCHWEISSE ZU BODEN
VERBRAÑTE ALLS ZUR ASCHEN / UND ER BADETE VIELE MAÑS UND WEYBS
IM FLÜSSIGEN FEUER UND DAMPFF. DAS UNHEIL BLIEB VIELE TAG UND
NACHT LANG ÜBER BRÜNNIG / BIS DER RAT DER ALTEN SCHAFFTHE DEN
LINTWURM WIEDER ZU BESENFTIGEN / WAÑ GING ER ZURÜCK ZUR RUH IM
LEBENDEN FELS UND MAN SAH IHN NIE MEHR.

BEI THORVALD GLASER BUCHDRUCKER/ ZU MEGERINGEN

Unter dem Text der zweiten Seite war ein weiteres Bild, welches
scheinbar den Lindwurm zeigte als eine grüne geflügelte Schlange, deren Kopf an den einer Katze oder eines Hundes erinnerte, und deren
Schwanz sich wie die Äste eines Baumes aufspaltete. Eine Flamme
schoss aus dem Mund dieses Lindwurms, und Häuser und Bäume
standen in Flammen, während Menschen scheinbar zu schmelzen
schienen. Eine mehr oder minder typische Darstellung eines Drachen
aus jedem Märchen.

„Ein Lindwurm?", fragte ich, „flüssiges Feuer?"

„Ich weiss so viel wie sie, zu diesem Vorfall habe ich keine weiteren
Quellen gefunden. Allerdings bestätigen einige Almanache einen starken Rückgang der Bevölkerung in der Region, und auch überraschend
viele Lieferungen von Baumaterial, als würde man die Dörfer wieder-
aufbauen. Einiges davon wurde von den Klöstern und Adeligen der
Umgebung bezahlt."

Die Vorstellung, dass sich dies wirklich zugetragen hätte, schien mir vollkommen unglaublich, doch die Schilderung war ziemlich eindeutig. Warum hätte ich, nachdem ich bereits die Flammen im Tunnel, die Woüti und das Ritual im Dorf erlebt hatte, nun hierbei halt machen, und den Lindwurm als absurde Phantasie abtun? Stattdessen tat sich mir ein schreckliches Bild auf: Würden die Bauarbeiten im Berg, so wie es auch der Frau vom Schmied beim Bau eines Brunnens geschah, diesen Lindwurm erneut erwecken, und ein undenkbares Unheil über das Land bringen?

Professor Hottinger war derweil erneut zu seinen Bücherregalen geschlendert, und holte ein weiteres dickes Buch hervor.

„Dies ist die Chronik von Joseph Joachim Heller von 1714. Ein kleiner, unscheinbarer Paragraph, der sich hier auf Seite 274 versteckt, ist dazu relevant. Lesen sie."

1710, DEN 20. JENNER, ABEND NACHTS IST DAS WOITI ERSCHIENEN BEIM STEINBRUCH ZU SARNEN, WORAUFHIN DIE BERGMÄNNER ZUM LANDAMMANN KAMEN UM BERICHTE ZU ERSTATTEN, DA SIE MEINTEN ES WÜRDE EIN GROSSES UNHEIL ÜBER DAS LAND KOMMEN.

DREI TAGE SPÄTER IST EIN FEÜRIGER LINTWURM ÜBER SARNEN GEGEN GISWIL ODER LUNGERN GEFAHREN, WELCHER VON VILEN EHRLICHEN LEÜTEN, DIE SOLCHEN GESEHEN, BEKRÄFTIGT WORDEN. ZUE MEISIBÜELEGG IST ETWAS UNGLÜCKS VON DEM VYCH ENTSTANDEN UND VIER HIRTEN WURDEN GEBADET IM FLÜSSIGEN FÜER VOM LINTWURM. BIS GEGEN 10 HÄUSER UND SCHEUNEN WARDEN VOM LEIB DIESES VYCHS IN ASCHE GELEGT UND VILE MENSCHEN IM DORFE STARBEN BIS DIE ALTEN ES KONNTEN VERBANNEN IN DIE BERGE.

„Erstaunlich", sagte ich, „vor allem, dass dies in einer Chronik aufgezeichnet wurde. Man hat das ganze also scheinbar sehr ernst genommen."

„Nun", sagte Hottinger der erneut auf seine Bücherregale blickte, „wenn mehrere Menschen sterben und Häuser verbrennen, wird man das zumindest nicht als Märchen abtun."

Er fuhr derweil mit dem Finger über die verschiedenen Buchrücken, bis er fand, was er suchte. Diesmal ein dunkelbrauner Band von gewöhnlicher Grösse und erkennbarem, wenn auch nicht gerade archaischem, Alter.

„Die ältesten, sagen wir 'modernen', Aufzeichnungen über Woüti-Legenden und Lindwurm-Sichtungen stammen von Pfarrer Josef Müller um 1926. Er hat damals Erzählungen, die er von Patienten im Spital hörte, aufgeschrieben. Interessant dabei ist, diese dann auch mit älteren Sagen oder eben verbal überlieferter Erzählungen zu vergleichen."

Er legte mir ein weiteres Buch auf den kleinen Stapel, der sich vor mir ansammelte, erneut auf eine bestimmte Seite aufgeschlagen. „Das hier ist die erste Auflage der Sagen aus Uri. Aus dem Volksmunde gesammelt von 1945. Das ist von grosser Bedeutung, weil einige Passagen aus mir nicht nachvollziehbaren Gründen von den späteren Nachdrucken 1969 und 1978 entfernt wurden. Es war mir nicht leicht, eine erste Auflage zu finden, aber hier sind die Aufzeichnungen von Pfarrer Josef Müller vollständig. Diese Sagen sind eher nach spezifischen Themen geordnet, aber nachdem ich vorangehende Berichte studiert hatte, brachte ich schliesslich zwei in Verbindung. Lesen sie erst dieses hier."

Er deutete auf den Beginn der Seite. Ich las:

Das Woüti in der Höhle

Es trug sich vor ungefähr fünfzig Jahren zu: Mehrere Kinder machten Versteckis in einer Grube im Dünneten zu Schattdorf, wo man zuvor Steinbruch betrieben hatte. Johanni suchte den versteckten Bruder im Barnen und sah darinnen "Einen„ liegen, der "äs mächtigs Boorzi„ machte. "Ja, ja, Toni! Ich ha-di scho! „ rief es und schlug ihm mit der flachen Hand eins auf den Hintern, denn es meinte, es sei der Bruder. Aber jetzt ging da auf einmal "äs furchtbars G'schych„ auf, ein Ungeheuer, äs Woüti stand da und blähte sich in wenigen Augenblicken nach allen Seiten so auf, dass es die ganze Höhle ausfüllte.

Mitget. v. Pfr. J. Aschwanden, 75 J. alt

„Haben sie alles gelesen?", fragte mich Hottinger, als ich den Blick hob. Ich bejahte, dann nahm er das Buch und blätterte weit vorwärts und legte es mir wieder hin.

„Gut, nun lesen sie hier."

VON DRACHEN

AM OBERSTEN HANG DES DÜNNETEN ODER SCHWARZGRAT, DER SICH ZWISCHEN SCHATTDORF UND ERSTFELD AUS DER EBENE FAST SENKRECHT ZU EINER HÖHE VON 2000 M.Ü.M. AUFTÜRMT UND DAS GANZE REUSSTAL VOM RÜTLI BIS IN DIE SCHÖLLENEN BEHERRSCHT, DEHNT SICH DAS MIT DROSLEN UND ZWERGTANNEN BEWACHSENE WURMÄLPELI AUS. DAHIN SOLL ZUR ZEIT, ALS DIE ERZÄHLERIN JUNG VERMÄHLT WAR, EIN FEURIGER DRACHE DURCH DIE LÜFTE "Z'SCHIÄSSÄDÄ CHU SY,, UND SICH DASELBST NIEDERGELASSEN HABEN. SEIN FEURIGER, DAS HEISST GLÜHENDER, LEIB VERBRANNTE WEIT UND BREIT DIE DROSLEN UND TANNEN ZU STAUB UND ASCHE, UND SEIN GIFTIGER ODEM ERZEUGTE EINE ANSTECKENDE, TÖDLICHE KRANKHEIT IM TALE. ALTE LEUTE BERICHTEN NOCH HEUTE, MAN HABE DA DROBEN VIELE VERKOHLTE BAUMSTRÜNKE GEFUNDEN. STADLER-HÄNSI, DER ETWA VOR ZWEI JAHRZEHNTEN GESTORBEN, ERZÄHLTE, SEIN VATER HABE DIESEN DRACHEN GESEHEN, WIE ER VOM GITSCHEN HER QUER DURCH DAS TAL GEGEN DEN SCHWARZGRAT HOCH DURCH DIE LÜFTE DAHINSCHOSS. AUCH JEERIS NEPPERLI, EIN ALTES WEIBERVOLK ZU BOLZBACH, HAT IHN BEOBACHTET UND BESCHRIEBEN: "ÄR HED Ä GRIND G'HA WIÄNNI HEIWBURDI UND Ä SCHWANZ WIÄNNI GROSSI NUSSLATTÄ,,. SEIT JENER ZEIT HEISST DAS ÄLPELI WURM- ODER WURÄNÄLPELI. DER DRACHE HABE LANGE ZEIT UM DIE DÖRFER SEIN UNWESEN GETRIEBEN, BIS DIE ÄLTESTEN ZUSAMMENKAMEN UND EINE LIST ERDACHTEN, IHN WIEDER IN DEN BERG ZU VERBANNEN, DANACH SAH MAN IHN NIE WIEDER.

FR. ZIEGLER-WALSER, 80 JAHRE ALT, SCHATTDORF

„Es ist der gleiche Ort", erkannte ich sogleich, „Der 'Dünneten' bei Schattdorf."

„Nicht nur das", erwiderte Hottinger erregt, „achten sie darauf, die erste Geschichte spielt etwa fünfzig Jahre zurück, also wenn das Buch 1926 geschrieben wurde, vielleicht über eine längere Zeit diese Sagen gesammelt wurde, dann sprechen wir vom Jahr 1876 oder ein wenig früher. Nun habe ich in den Aufzeichnungen der Region die Heiratsurkunde einer Frau Ziegler-Walser aus der Zeit gesucht."

„Und?", fragte ich, bereits ahnend worauf dies hinauslaufen würde.

„Ich fand in den Aufzeichnungen der Pfarrei Schattdorf eine Marie Ziegler-Walser, getauft 1844, heiratete 1873. Das kann doch um Himmels willen kein Zufall sein!", proklamierte Hottinger und schlug mit der Faust in die Hand, „und weiter noch: 1875 wurden, sie ahnen es bereits, mehrere Bauernhöfe zugleich wiederaufgebaut, wofür es eine grosse Kollekte in der Umgebung gab."

Das Ganze wurde mir inzwischen fast schon unheimlich, ein Schauer lief mir den Rücken hinunter, denn die logische Folgerung von all dem, nämlich dass das Gleiche sich nun erneut zutragen sollte, war durch und durch grauenhaft.

„Und welcher ist der Teil, von dem sie sagten, dass er in darauffolgenden Auflagen ausgelassen wurde?", fragte ich.

„Hier, der letzte Satz im Abschnitt 'Von Drachen'", sagte Hottinger und deutete auf das Ende des Paragraphen, „es ist auch seltsam, dass keiner der Texte wirklich erwähnt, wie man sich schliesslich des Drachen oder Lindwurms entledigt habe. Lediglich, dass irgendwie die Älteren wohl Rat gewusst haben."

Ich hatte zuvor meine Zweifel gehabt, ob ich nochmals zum Brünigpass zurückkehren wollte, nach dem, was ich dort bereits erlebt hatte, doch nun zerrte es an mir, denn wenn sich die Geschichte, so wie es sich vermeintlich zugetragen hätte, tatsächlich wiederholen würde, und es sich bei diesen Berichten letztlich nicht nur um Missverständnisse oder Lügenmärchen handelte, bei welchen Eines vom Anderen immerzu übernommen worden war, so würde dies schliesslich erneut schreckliches Unheil über die Dörfer bringen. Da nun ausgerechnet ich daran schuld gewesen war, den „Feuerreigen" gestört zu haben, so fühlte ich mich in der Verantwortung, dieses Grauen irgendwie noch abzuwenden. Ich teilte Professor Hottinger diese Entscheidung mit, und er überraschte mich mit der Aufforderung, mich von ihm begleiten zu lassen, dass er auch die endgültige Wahrheit über diese seltsamen Phänomene erfahren solle. Wir machten uns auf, in die Berge.

4

Ich machte mich einmal mehr auf zum Tunnelbau beim Brünigpass, diesmal in Begleitung Professor Hottingers, in der wahnhaften und verzweifelten Absicht, irgendwie zu verhindern, dass erneut der Lindwurm freigesetzt werde, wie es in den alten Schriften berichtet wurde, doch mit der unheilvollen Vorahnung, dass diese Versuche nunmehr zwecklos sein würden. Bereits bei unserer Ankunft liess man uns allerdings nicht zur Baustelle vordringen. Offenbar hatte Ingenieurin Laura Bergmann unsere Zusammenarbeit für beendet erklärt, nachdem ich mich wenige Tage zuvor einfach so aus dem Staub gemacht hatte, und der Arbeiter, der die Absperrung des Zugangsweges bewachte, sagte mir, aufgrund von unmittelbaren Sprengungen wäre der Zutritt Unbefugten strengstens untersagt. Ich flehte vergebens zur Ingenieurin Laura Bergmann vorgelassen zu werden, bevor diese Sprengungen durchgeführt würden, doch der Arbeiter muss mich aufgrund meines Auftretens wohl für völlig verrückt gehalten haben, was ihm wohl niemand entgegenhalten könnte.

Ich ging vor der Absperrung auf und ab, in meiner Angst und Verzweiflung. Angst, ob sich, wie vor hunderten von Jahren, etwas Schreckliches zutragen würde, und Verzweiflung, dass mein Flehen nicht ernst genommen wurde. Auch Professor Hottinger versuchte den Mann zu überzeugen, doch es war zwecklos. Erst der dumpfe Knall von der Sprengung im Tunnel riss mich aus meinen Gedanken, und ich drehte mich sofort in die Richtung, aus der das Geräusch gekommen war. Ich konnte mich in dem Moment nicht halten, und sprang über die rot-weissen Holzzäune, die den Zugang versperrten, am verdutzten Arbeiter, der mir sogleich nachlief, vorbei, in Richtung der Baustelle.

Ich sah wenige Meter vor mir Laura Bergmann, die mit zufriedenem Gesichtsausdruck einem Vorarbeiter die Hand schüttelte, wohl um ihn der geglückten Sprengung zu gratulieren. Wenige Meter vor ihr riss mich mein Verfolger plötzlich zu Boden, woraufhin sich alle Blicke zu mir drehten.

„Frau Bergmann, bitte", flehte ich, „sie müssen diesen Bau sofort einstellen, oder sie werden ein schreckliches Unheil entfesseln."

Man schenkte mir nur Blicke der vollkommenen Verachtung, des Mitleids gar. Die Leute erwähnten unter sich, ich sei doch ein Spinner, und man solle die Polizei rufen.

Bevor aber noch irgendjemand etwas tun konnte, kam unerwartet ein grollender Lärm aus dem Tunnel, woraufhin sich ein unangenehmes Schweigen über den Ort legte.

„Ein Einsturz?", fragte Bergmann einen Vorarbeiter nach einer Weile.

„Vielleicht, aber die Sprengung war doch absolut problemlos."

Der Lärm hörte auch nicht auf, wie es bei einem Einsturz zu erwarten gewesen wäre, er klang zwar wie Steine, die geräumt werden, doch er kam in Wellen, immer wieder, immer lauter, immer näher. Plötzlich gab es eine riesige Explosion aus dem Tunnel, welche Geröll und Felsbrocken herausfliegen liess, welche mehrere der Bauarbeiter erschlugen, und das ganze Tunnelportal von innen heraus zerschmetterte. Alle gingen sofort in Deckung wie sie konnten, ich selber versteckte mich hinter einem Bagger und spähte unten zwischen den Rädern hindurch.

Ich konnte sehen, wie aus der Rauchwolke etwas hervortrat, ein Lebewesen schien es, grösser aber als jedes andere bekannte Lebewesen, ausser vielleicht den grössten Walfischen im Ozean. Die gräulich-grüne Oberfläche dieses Wesens war wie nichts, was ich je gesehen hatte, sie schien mit festen Teilen gepanzert, aber trotzdem flexibel, ähnlich vielleicht einem Gürteltier, doch von völlig anderer Grössenordnung. Ich konnte sehen, wie dieses Ungetüm sich an mir vorbei bewegte, mit Beinen, welche Stacheln von der Dimension grosser Nägel besassen, und an die Beine von Taranteln erinnerten. Vier Beinpaare zählte ich, welche in regelmässigen Abständen dem langen Körper entsprangen. Aus meinem Versteck konnte ich diese Bestie nicht in ihrer Gänze sehen, was ich jedoch sofort bemerkte, war, dass sie eine fast unerträgliche Hitze ausstrahlte, obgleich ich viele Meter davon entfernt hinter einer grossen, stählernen Baumaschine kauerte.

Dieser aus dem Felsen geborene Leviathan erhob sich alsdann in die Lüfte, wobei er ein summendes, pulsierendes Geräusch von sich gab, welches mir beinahe das Trommelfell zerschmetterte. Nachdem es sich ein wenig entfernt hatte, konnte ich aus meinem Versteck hervorkommen, und sah eine Spur der Verwüstung vor dem Tunnelportal. Mehrere Personen lagen tot und halb verkohlt auf dem Boden, die Bäume, die in unmittelbarer Nähe des Portals standen, waren ebenfalls verkohlt worden. Ein weiteres Baugerät war scheinbar halb zerschmolzen. Auch die Reifen des Baggers, hinter welchem ich mich versteckt hatte, waren verformt worden. Professor Hottinger erreichte mich schliesslich, ich wollte ihn fragen, ob er wohl auch diese Bestie gesehen hatte, doch sein entgeisterter Gesichtsausdruck bestätigte mir dies, ohne dass ich auch nur fragen musste.

Über dem Tal konnten wir nun dieses Biest kreisen sehen. Es erschien wie eine grosse fliegende Schlange mit Flügeln und acht Beinen, aber mit einer ganz und gar missgebildeten, unwirklichen Erscheinung. Es hielt sich mithilfe zweier seltsamer Flügelpaare in der Luft, deren Flügel glasig und glatt wie die eines Insektes erschienen, soweit ich es überhaupt in ihrer schnellen Bewegung erkennen konnte. Am abscheulichsten aber war der Kopf dieses Ungetüms, welches mehrere Vorwölbungen besass, aus welchen unzählige Rüssel oder Tentakel entsprangen. Drei runde Formen auf der Vorderseite meinte ich die Augen oder sonstige Sichtorgane, diese waren umgeben von Stacheln, ähnlich denen auf den Spinnenartigen Beinen. Die Erscheinung dieser Bestie war aberrant, unbeschreiblich widerwärtig, als ob es die Verkörperung von etwas wäre, was gar nicht existieren sollte, ein Pastiche eines Tieres, aus den missgebildeten Überresten der Schöpfung zusammengewürfelt. Der Lindwurm.

Nachdem diese lebendige Blasphemie eine Umkreisung geflogen war, begab es sich sogleich wieder in unsere Richtung, und wir dachten wohl nicht zweimal darüber nach, die Beine in die Hand zu nehmen, und zu fliehen. Der schon betagtere Professor Hottinger hatte Mühe, doch wir schafften es gerade noch dem Lindwurm auszuweichen, als dieser die Baustelle erneut erreichte. Im Schutz einiger Felsen die uns bedeckten, hielten wir kurz ein und konnten sogleich sehen, wie sich der Lindwurm neben eine auf dem Boden liegende Person, ob tot oder nur ohnmächtig war schwer einschätzen, stellte, und sogleich aus dessen Kopf, zwischen den Rüsseln und Tentakeln, eine gelbliche Flüssigkeit herausquoll, mit der die Person übergossen wurde. Sogleich begann diese zu dampfen, und ich erkannte, dass es eine Säure sein musste, welche den Körper zersetzte. Anschliessend saugte der Lindwurm mit seinen Rüsseln die nun aufgelöste organische Materie seines Opfers auf. Mir wurde schwindelig von dem grauenhaften Anblick, den ich soeben erlebt hatte, doch Hottinger zerrte an meinem Arm, dass wir uns weiter entfernen sollten.

In der Nähe des Seeufers trafen wir auf eine kleine Gruppe Einheimischer, angeführt von Urs, der sogleich auf mich zukam.

„Ist es tatsächlich...?", fragte er, ohne den Satz zu beenden. Doch ich wusste, was er meinte, und nickte. „Dann ist alles aus. Wir müssen schnell fort", fügte er hinzu, und machte sogleich kehrt.

„Halt, Moment", rief ich, „ihr geht einfach?"

„Du hast dieses Ungeheuer selber gesehen, was sollen wir kleine Menschen noch dagegen anrichten?", erwiderte Urs.

„In den alten Texten", meldete sich nun Professor Hottinger zu Wort, „werden mehrmals Erscheinungen vom Lindwurm beschrieben, und dass dieser dann jeweils auch wieder vertrieben oder verbannt werden konnte."

Urs' Augen weiteten sich, auch die Anderen kamen näher heran.

„Tatsächlich? Und wie wurde das geschafft?", fragte er. Nun senkte Hottinger verlegen den Blick.

„Das... ist leider nicht überliefert. Es wird immer wieder erwähnt, dass die Ältesten der Dörfer wussten, was zu tun war."

Urs war sichtlich enttäuscht von dieser Antwort. Es schien, er wäre wahrlich bereit gewesen, gegen den Lindwurm vorzugehen, wenn es denn nicht eine vollkommen vergebliche Unternehmung sein sollte.

„Ich glaube, keiner der Älteren in unserem Bekanntenkreis wüsste da weiter", sagte Urs, und schaute sich bei den anderen um, die ebenfalls den Kopf schüttelten.

„Professor", sagte ich schliesslich, „im letzten Text, den sie mir gezeigt haben, da war doch noch der Name verzeichnet, von der Person, die die Sage überliefert hatte."

„Diese Person ist aber längst tot", antwortete Hottinger.

„Das mag sein, aber vielleicht wissen deren Nachfahren genaueres."
Der Professor rieb sich nachdenklich das Kinn, und auch Urs schien einen Hoffnungsschimmer zu wittern.

„Es ist vielleicht unsere einzige Möglichkeit", sagte er, „ich habe ein Auto und will euch hinfahren, wohin es notwendig wäre."

Zu dritt also begaben wir uns auf die kurvenreiche Fahrt über den Sustenpass nach Schattdorf, wo wir erhofften etwas über die Nachfahren von Frau Marie Ziegler-Walser in Erfahrung zu bringen, welche die Quelle für den 1926 aufgezeichneten Bericht über den Lindwurm gewesen war. Im Gemeindehaus wurden wir allerdings nicht fündig, kein Eintrag war auf diesen Namen zu finden, wohl weil die Einträge nicht weit genug in die Vergangenheit geführt wurden. Stattdessen leitete man uns an das Staatsarchiv von Uri weiter.

Die Aussicht, uns endlos durch womöglich nicht indizierte Einwohnerregister zu kauen war wenig ermunternd, stattdessen kam mir der Geistesblitz, in der Kirche nachzuforschen. Dort war es auch gewesen, wo Professor Hottinger vor vielen Jahren das Jahr der Taufe und der Heirat von Ziegler-Walser hatte in Erfahrung bringen können. Wir trafen Pfarrer Heiri Arnold, ein etwas betagter Herr, der aber noch gut zu Wege schien, in der prächtigen Barockkirche Maria Himmelfahrt an, und er erklärte sich gerne bereit, uns bei unserer Suche behilflich zu sein.

Er führte uns zum Aktensaal des Pfarrhauses, wo er zielgerichtet die notwendigen Dokumente heraussuchte.

„Also", sagte er und schaute eine alte Urkunde an, „Marie Ziegler-Walser, geboren 1844, gestorben 1927, Heirat 1872. Drei Kinder wurden getauft, Johann im Jahre 1874, Trudi 1877 und Barbara 1878."

„Und die Nachkommen von denen?", fragte ich ungeduldig.

„Moment doch, Moment", sagte Pfarrer Arnold und suchte nun weitere Dokumente aus den endlosen Kartonkisten, welche in metallenen Regalen gestapelt waren. Als er alles zusammengesammelt hatte, begann er zu lesen.

„Barbara starb im Kindesalter. Von Johann Ziegler-Walser wurden zwei Kinder getauft, Heinrich 1905, und Peter 1906. Ach, schau her, Peter Ziegler-Walser, den kannte ich, der wurde Pfarrer und hatte keine Kinder. Heinrich..."

Er schaute mit nachdenklichem Blick durch mehrere Urkunden und sagte schliesslich: „Über Heinrich finde ich nichts, der könnte vielleicht ausgewandert sein. Bleibt noch Trudi, sie heiratet 1901 und heisst von da an Trudi Stämpfli. Sie stirbt jung im Jahr 1905, aber eine Tochter wurde noch ein Jahr zuvor, 1904, getauft, Marie, wohl nach Trudis Mutter benannt."

„Und die Kinder von Marie?", fragte Hottinger. Erneut schaute Pfarrer Arnold durch mehrere Urkunden.

„Es scheint, Marie hat nie geheiratet und keine Kinder gehabt."

„Dann endet die Spur dort", sagte Hottinger betrübt.

„Nun", sagte Pfarrer Arnold, „nicht ganz, denn Marie lebt noch."

Alle drei drehten uns ehrfürchtig in Richtung von Pfarrer Arnold. Marie Stämpfli, Enkelin der Marie Ziegler-Walser, wäre also mit über neunzig Jahren noch auffindbar.

„Pfarrer, es ist unheimlich wichtig, dass wir mit Frau Stämpfli sprechen können, könnten sie uns denn sagen, wo wir sie finden?", sagte ich. Pfarrer Arnold schaute erneut auf die alte Urkunde.

„Grundgütiger", sagte er, „wenn das sich nicht geändert hat, dann wäre das an der Haldistrasse. Welch ein Ort für eine über neunzigjährige Dame."

„Was stimmt damit nicht?", fragte ich.

„Das ist dort oben auf dem Berg, ziemlich abgelegen. Am besten nehmen sie die Seilbahn bis oben, von dort ist es keine halbe Stunde Fussweg."

Tatsächlich war unweit der Kirche die Seilbahn zu finden, welche uns zum Haldi führen sollte, eine Hochebene die sich hinter dem Hang, welcher das Dorf nach Süden hin abgrenzte, erstreckte. Nach wenigen Minuten fahrt in einer kleinen, roten Gondel, in welcher wir die einzigen Fahrgäste waren, erreichten wir das Haldi, und liefen eiligen Schrittes die Strasse entlang, bis zum Haus, welches die letzte bekannte Adresse von Marie Stämpfli gewesen wäre. Es war eine einfache Holzhütte, nicht besonders gross, aber woran der Hühnerstall und die Hasenkäfige gleich nebendran auffielen. Dass dort Tiere lebten, deutete zumindest darauf hin, dass das Haus auch bewohnt war.

Nach mehrmaligem, zuletzt starkem Klopfen öffnete sich die alte Holztür mit lautem knarren, und dahinter stand eine greise Dame, wohl des Alters wegen auf eine Grösse von kaum mehr als einen Meter fünfzig geschrumpft, aber immer noch von stämmigem Körperbau. Das Gesicht war faltig und gegerbt, über den Kopf trug sie in archaischer Gewohnheit ein Tuch gebunden. Sie hatte einen Stock mit sich, und die gläsernen Augen deuteten darauf hin, dass sie vom grauen Starr wohl ganz oder beinahe erblindet war.

„Ja, wer ist da?", rief sie in einem starken ländlichen Dialekt.

„Frau Stämpfli?", fragte ich.

„Sie müssen lauter reden, ich höre kaum noch", sagte die Dame.

„Sind sie Frau Stämpfli?", rief ich lautstark.

„Ja, das bin ich, was wollen sie?"

„Wie erklären wir das wohl...", murmelte ich meinen eklektischen Kumpanen zu. Hottinger ergriff nun das Wort.

„Frau Stämpfli, wir sind von der Universität Thurikon, wir forschen über ihre Grossmutter, Frau Marie Ziegler-Walser."

„Was? Sie wollen was über mein Grossmami wissen? Das höre ich auch schon lange nicht mehr. Kommen sie mal rein, ich kann nicht gut stehen", sagte Frau Stämpfli, und ging dann langsam und mit dem Stock auf den Boden klappernd in das spärlich möblierte Haus hinein, wo sie sich auf einem verblassten dunkelgrünen Sessel niederliess. Wir setzten uns auf einige altmodische Holzstühle der Art, welche noch aus dicken Holzplatten gefertigt waren, mit einem Herzförmigen Ausschnitt in der Lehne.

„Was wollten sie denn nun über das Grossmami hören?", sagte die alte Frau. Ihr Dialekt war so stark, und hinzu kam wohl altersbedingte Knochenschwäche, die ihre Aussprache erschwerte, dass ich Mühe hatte sie genau zu verstehen.

„Frau Stämpfli, hat ihre Grossmutter ihnen jemals vom Lindwurm erzählt? Von einem Drachen?", rief Hottinger ihr fast ins Ohr.

„Der Lindwurm, ja, ja, das hat sie doch immer wieder erzählt. Wo sie doch klein gewesen ist. Sie hat es auch einmal dem Pfarrer Müller erzählt, damit er ihre Geschichte in ein Buch schreibt."

„Wir haben den Bericht in diesem Buch gelesen, aber darin stand nicht, wie der Lindwurm dann vertrieben wurde. Hat sie ihnen das jemals erzählt?"

„Vertrieben? Der Lindwurm? Also wie war das, da hat sie doch zumal diese Geschichte erzählt. Der Drache hat doch das halbe Dorf verbrannt und viele Leute getötet. Und dann haben sich die Alten zusammengetan und etwas entschieden, um den Drachen zu vertreiben, was aber unbedingt geheim bleiben sollte."

„Was haben sie entschieden?", fragte Hottinger nach.

„Weil das war, wo die Frau vom Gisler Ursli in der Grube gewesen war, zum Helfen beim Steinbruch. Wo man dem doch gesagt hatte, dass die Frauen nicht in die Grube durften, weil sie den Lindwurm aufwecken würden. Aber der Gisler Ursli hat gesagt, das sei doch alles nur ein Märli. Und dann am nächsten Tag haben die Buben da das Woüti gesehen, und da haben die Alten gesagt: 'jetzt ist alles aus'."

„Und was haben sie dann gemacht, wo der Lindwurm da war?", fragte Hottinger erneut.

„Ja, also dann", fuhr Frau Stämpfli ohne Eile fort, „dann haben die Alten gesagt, man müsse dem Lindwurm die Frau vom Gisler Ursli geben, weil nur die Frau, die den Lindwurm aufgeweckt hatte, diesen dann wieder vertreiben könnte. Das war ein Geheimnis, das unter den Ältesten im Dorf immer weitergegeben wurde, falls irgendwann der Lindwurm wieder kommen sollte. Weil es immer eine Frau sei, die den Lindwurm weckte."

„Und die Frau vom Gisler Ursli wurde dann dem Lindwurm geopfert?", fragte Hottinger.

„Ja, genau", antwortete die alte Frau nickend, „zuerst, da wollte der Gisler Ursli ja nicht, und hat gesagt, das sei alles Blödsinn, und weil er so gut war mit der Armbrust wollte er das *Viech* selber schiessen, aber da hat ihn der Lindwurm gefressen, so hat mir das mein Grossmami erzählt."

„Und dann wurde seine Frau geopfert?", hakte Hottinger nach.

„Ja, genau, die haben sie dann zur Grube gebracht, wo der Lindwurm herausgekommen war, dort hinein musste sie gehen, und wo dieser dann kam und die Frau vom Gisler Ursli aufgefressen hat, da ist er wieder zurück in den Berg und wir haben ihn nie wieder gesehen. Grossmami hat gesagt, das dürfte man eigentlich niemals erzählen, es musste immer geheim bleiben, weil niemand verstehen würde, warum das getan wurde, und sie hat es auch nie dem Pfarrer Müller erzählt, dem sie alles andere vom Lindwurm erzählt hatte. Aber ich glaube das macht jetzt nichts mehr, weil das alles ist ja schon über hundert Jahre her."

Wir schauten uns alle drei an, im gleichzeitigen Denken, welch aberrante Schlüsse aus den Schilderungen von der alten Frau Stämpfli zu ziehen waren.

5

Als wir nach Lungern zurückkehrten, war das Dorf bereits verwüstet und menschenleer. Es schien, die Bewohner, die der Lindwurm nicht dahingerafft hatte, waren inzwischen geflohen. Das Ungetüm ruhte nahe dem See auf einem Haufen von Asche und Trümmern, welche wohl einmal ein Haus gewesen waren. Wir suchten derweil die einstige Baustelle auf, ohne einen wirklichen Grund dafür, wohl um die Stelle, wo der Lindwurm aus der Erde herausgebrochen war, zu betrachten, doch vielleicht mit der unterbewussten Absicht, welche keiner sich traute auszusprechen, die Aufopferung von Frau Bergmann in Betracht zu ziehen.

Vor dem Tunnelportal, welches vom Lindwurm zertrümmert aber nicht zugeschüttet worden war, herrschte die vollkommene Verwüstung. Der ganze Boden sowie die Bäume drum herum waren verkohlt, es lagen Reste von verkohlten und von der Säure verätzten Leichen herum, die Baumaschinen waren teilweise von der Hitze geschmolzen. Von hinter einem solchen Gerät, welches etwas abseits des Tunneleingangs stand, waren leise Geräusche zu hören, und als wir uns näherten, sahen wir dahinter Laura Bergmann kauern. Sie sass auf dem Boden, die Hände um die Knie, und schaukelte leicht vor und zurück. Ihr Gesichtsausdruck zeugte von blankem Grauen, und sie reagierte erst nicht auf uns, bis ich sie durch starkes Rütteln wieder ein wenig besinnen konnte.

„Es ist aus", murmelte sie, „alles aus."

„Was?", fragte ich.

„Sie haben mich gewarnt, es ist alles meine Schuld. Alles aus. Alle tot", sagte Bergmann. Ich schaute sie sprachlos an, bis sie irgendwann ihren Blick zu mir drehte und sagte: „Sie haben mich gewarnt, aber ich habe nicht gehört. Jetzt ist dieses... Ungeheuer hier. Warum hat es mich verschont?"

„Verschont?", fragte ich.

„Es hat alle Arbeiter getötet... irgendwie mit dieser... Säure. Mich nicht. Ich sass hier und es lief an mir vorbei."

Ich drehte mich zu meinen beiden Gefährten, konnte es sein, dass dies nun damit zusammenhing, dass es Laura Bergmann gewesen war, die den Lindwurm aufgeweckt hatte? Bergmanns weiteres Murmeln lenkte mich ab.

„Wenn ich zurück könnte... alles rückgängig machen...", sagte sie, nun den Blick nach vorne in die Leere gerichtet. Ich zögerte eine lange Zeit, bevor ich meine Worte fand.

„Frau Bergmann", begann ich, „es gibt eine Möglichkeit den Lindwurm zu verbannen." Sie drehte sich zu mir, ohne ein Wort zu sagen. Ich fuhr fort: „Aber dazu müssen sie sich ihm opfern."

Ohne zu sprechen, hob Laura einen Arm, und deutete langsam mit dem Finger auf sich selbst. Ich nickte nur.

„Das ist...", sagte sie mit zittriger Stimme, „das ist... schon recht. Ich will nicht weiter– diese Schuld... zu viel." Dann stand sie langsam auf und wollte in Richtung des Dorfes laufen, wo der Lindwurm aus der Ferne zu sehen war. Ich schaute ratlos Urs und Professor Hottinger an, schliesslich reagierten wir und nahmen Laura Bergmann an den Armen, um sie zum Eingang des Tunnels zu führen. An den Steinen vorbei fanden wir einen Weg, um einige Meter hineinzulaufen. Bergmann war fast katatonisch und liess sich von uns leiten. Wir setzten sie schliesslich auf einen Felsbrocken, und verliessen den Tunnel wieder.

Es schien, als ob der Lindwurm sich unseres Betretens der Höhle bewusst gewesen war, denn als wir hinaus liefen sahen wir ihn schon in unsere Richtung fliegen, und konnten alsbald das unerträgliche Surren seiner Flügel hören. Aus seinem Kopf, wenn man diese abscheuliche Vorderseite überhaupt so nennen konnte, tropfte ab und an eine gelbliche Flüssigkeit, die beim Auftreffen auf dem Boden kleine Dampfwolken aus der Verätzung heraufstiegen liessen. In sicherer Ferne verbargen wir uns hinter einem grossen Felsen.

Das Ungetüm landete direkt vor dem Tunneleingang, und bewegte sich dann langsam, mit zuckenden Bewegungen, hinein. Dann hielt es ein, und, obgleich ich nicht sehen konnte was geschah, konnte ich die schmatzenden und spritzenden Geräusche hören, gefolgt von den Schreien Laura Bergmanns, die erst nach einigen Augenblicken völlig verstummten, und ihnen folgten weitere plätschernde Geräusche, welche einem den Magen verdrehten. Der Lindwurm blieb noch eine Weile regungslos stehen, bis er sich dann, mit erneut sprunghafter Bewegung langsam in den Tunnel hineinbegab und, dem Geräusch nach zu beurteilen, sich in den Felsen hineinbohrte. Hinter ihm stürzte kurz darauf der ganze Tunneleingang mit ohrenbetäubendem Getöse und einer grossen Staubwolke ein.

Eine gefühlte Ewigkeit standen wir weiterhin hinter diesem Felsen, und blickten abwechselnd auf den eingestürzten Tunnel und das halb zerstörte Dorf, bis wir uns langsamen Schrittes wieder zurückbegaben.

Die Nachrichtenberichte sprachen in den folgenden Tagen von schweren Methangasexplosionen, die sich beim Bau des Tunnels zugetragen hatten, und die einen grossen Schaden angerichtet hatten, welcher sich nicht zu beheben lohnte. Diese hätten sich sogar auf das Dorf ausgeweitet, und eine beträchtliche Zerstörung angerichtet. Mit grösster Eile wurden die Häuser wieder aufgebaut, und die überlebenden Bewohner kehrten zurück. Unter dem Vorwand dieser geologischen Lage wurde auch ein erneuter Tunnelbau verworfen.

Urs war der erste von uns der starb. Wenige Wochen nach diesem Vorfall traf ihn eine schwere Atemwegserkrankung. Erst meinte man, es sei eine Lungenentzündung, doch selbst die stärksten Antibiotika halfen nicht, und er erlitt eines Nachts einen Herzstillstand. Ausser Professor Hottinger und mir war fast niemand bei der Beerdigung, zwei entfernte Vetter und eine ältere Tante trafen wir, denen wir unser Beileid aussprachen.

Ich hielt mich anfangs zurück, mein Erlebnis niederzuschreiben, da ich nicht erwartete, dass irgendwer mich ernst nehmen sollte. Ich änderte meine Meinung als auch ich dieser seltsamen Krankheit verfiel. Ich schreibe nun mit letzter Kraft, und selbst mit dem Sauerstoff, den mir die Ärzte gewährt haben, fällt mir die Atmung schwer.

Nur Hottinger scheint bisher dieser Erkrankung, die scheinbar alle heimsucht, die die Nähe des Lindwurms gesucht hatten, entgangen zu sein. Ich hoffe eindringlich, dass es ihm erspart bleibt. Seine Hilfe dabei, den Lindwurm zu verbannen, war unermesslich. Er besucht mich regelmässig und berichtet mir, wie der Vorfall in der Öffentlichkeit eingeordnet wird.

Da ich mein Bett kaum noch verlassen kann, habe ich sonst wenig mehr zu tun, als diese Zeilen zu schreiben. Ich hoffe nur, das Ende kommt schnell, wie bei Urs.

Hier enden die Aufzeichnungen von Samuel Reber Willemsen. Nachdem ich diese Niederschrift gelesen habe, kontaktierte ich die Universität Thurikon, wo Professor Hottinger scheinbar noch immer und in guter Gesundheit tätig ist. Er konnte wohl tatsächlich diesem Übel entgehen. Ich habe ihm die Aufzeichnungen von Samuel Reber Willemsen übergeben, auf dass er sie für die Nachwelt erhalte, obgleich ich daran zweifle, dass jemals mehr darin gelesen werden sollte, als eine phantastische Mär, die keiner, der bei Verstand ist, als wahrhaftig einschätzen sollte.

DER GEFALLENE ENGEL

1

Es gibt gewisse Aspekte der menschlichen Natur, welche mir gänzlich undurchschaubar sind. So auch, wie der Mensch die Gräuel dieser Welt sucht, ihnen nachgeht und sich immer weiter darin vernarrt, ohne Berücksichtigung dessen, ob das Verfolgen dieser dunkelsten aller Tatsachen schlussendlich diese selbst heraufbeschwören sollte. Und im Gegenzug, wie zugleich die schrecklichsten aller Erkenntnisse als Phantasiegespinst gedeutet werden, als ob einer selbst Freude daran haben könnte, solche zu erfinden und weiterzuverbreiten. Es scheint wahrlich, dass wir verdammt sind, immer wieder dem Grauenhaften zu folgen, obgleich wir diesem erst keinen Glauben schenken wollen, wie es uns derart weltfremd erscheint, ihm dann akribisch nachgehen, um gerade diesen Zweifel zu widerlegen, und schliesslich, wenn wir einstmals damit konfrontiert sind, wünschten, es niemals heraufbeschworen zu haben.

Im Fehlen eines offenen Ohres für die grausamen Geschehnisse, die mir widerfuhren, welche wohl für immer auf meiner Seele lasten werden, will ich diese nun hier wiedergeben, auf dass zumindest das Papier meine Beichte hören soll, denn ich war es, der mit seiner Neugier und seinem Leichtsinn ein womöglich endloses Übel über unsere Welt bringen sollte.

All dies Begann lange Zeit früher, im November des Jahres 1989, als ich für einen Verlag von Reiseführern arbeitete. Aufgrund meiner Sprachkenntnisse war ich für das Ressort Spanien verantwortlich, damals noch ein wachsender Markt, der vom Strandtourismus abgesehen noch nicht die massiven Ausmasse angenommen hatte, die wir heute kennen. Wahrlich kann ich mich nur fragen, ob dieser Andrang bei den Reisen nach Spanien vielleicht mit meinen Erfahrungen einen Zusammenhang haben könnten, insofern dass die Dunkelheit, mit der ich konfrontiert wurde, wohl eine unbewusste Anziehung ausübt, in der Art wie die dekadenteste Seite des menschlichen Wesens von allem, was entsetzlich, erschreckend oder aberrant ist, angezogen wird.

Ich hatte einigen spanischen Auswanderern, die ich über verschiedene Vereine und Klubs hatte ausfindig machen können, geschrieben, um sie nach ihren Kenntnissen und Erfahrungen bezüglich der Stadt Barcelona zu fragen, welche gerade aufgrund der baldigen Olympiaden neu in Mode gekommen war, weshalb ich nun auch einen neuen Reiseführer erarbeitete, und ich hatte schon nach kurzer Zeit einen ganzen Stapel Briefe als Antwort bekommen. Einige natürlich, die aus anderen Teilen Spaniens kamen, einige, die sie zumal besucht hatten, und wieder andere, die ursprünglich von Barcelona selbst, oder zumindest aus der Region kamen, und welche natürlich die wertvollsten Schilderungen boten.

Nachdem ich einige der Briefe gelesen hatte, nahm ich diesen Stapel Papier zusammen, um ihn auf den Sekretär beiseitezulegen, mit der Absicht, sie später zu archivieren. In dem Moment fiel ein seltsamer Zettel aus einem der Briefumschläge auf den Boden, doch ich vermochte nicht zu wissen, aus welchem der vielen Umschläge dieser Zettel gefallen war. Diesen kleinen Fetzen hatte ich wohl übersehen, er kam mir nicht bekannt vor, und da er auf gelbem Papier geschrieben war, wo hingegen alle Briefe auf weissem Papier waren, hätte ich ihn nur schwer übersehen. Allerdings war es nur ein kleines Rechteck, und wäre vielleicht einfach unbemerkt in einem der Umschläge geblieben. Es waren lediglich ein paar Worte darauf geschrieben: *Francisco Andrés*

45

Ocata Camps, Tarragona. Er hat die Filme von Alfons XIII, stand dort in spanischer Sprache geschrieben. Tarragona, eine kleine Stadt an der katalanischen Küste, einst als römisches Tarraco die Hauptstadt der römischen Provinz Hispania Citerior, besass aus ebendiesem Grund auch eine Reihe von sehr gut erhaltenen römischen Bauten, besonders relevant das Amphitheater nahe der Küste, weshalb sie für meine Arbeit schon zuvor interessant gewesen war und in meinen Berichten zumal Erwähnung gefunden hatte. Der Name Francisco Andrés Ocata Camps hingegen sagte mir gar nichts. Die Filme von Alfonso XIII, dem spanischen König, welcher 1931 abdankte, als die Republik ausgerufen wurde, konnte es wirklich sein, dass damit eine seltsame Anekdote gemeint sein, die ich einst erfahren hatte?

Ich erinnerte mich, bei meinem letzten Besuch in Barcelona, als ich über den Sommer vor allem die verschiedenen Strände und Küstenorte recherchierte, setzte ich mich im Vorort Sitges, südlich von Barcelona an der Küste gelegen, an eine der typischen, mit billigen Blechstühlen und -tischen eingerichteten Wirtschaften entlang der Strandpromenade, um mich von der für mich so ungewohnten Hitze mit einem kühlen Bier zu erholen. Einige der Einheimischen bemerkten sehr schnell an meinem Akzent und meiner Kleidung, dass ich Ausländer war, und wir kamen ins Gespräch, da ein Verwandter von einem der Herren, die mich ansprachen, auch in die Schweiz ausgewandert war.

Zu unserer unterhaltsamen Konversation floss der Alkohol ungehemmt, und irgendwann war meine Erinnerung verschwommen, doch ich wusste, dass es viel Gelächter und unsinnige Erzählungen gegeben hatte. Einer dieser Männer, deren Namen ich nicht einmal gefragt hatte, kam irgendwann darauf zu erzählen, dass der spanische König Alfons XIII., der im Volksmund dafür bekannt war, ein – salopp gesagt – Lustmolch gewesen zu sein, auch als der spanische Pionier der Pornografie bekannt gewesen wäre, denn er liess sich, ausgerechnet in Barcelona, obszöne, pornografische Filme produzieren, welche zu dieser Zeit ein regelrechter Skandal gewesen wären.

Dieser Herr, mit dem ich also am Tisch gesessen hatte, schwor darauf, einige diese Filme gesehen zu haben, bei einem reichen alten Mann in der Gegend, der ein Sammler aller möglichen bizarren Gegenstände war, worunter eben auch einige dieser obszönen Filme gewesen sein sollten. Ich wusste zu dieser Zeit nicht, ob die Geschichte wohl glaubwürdig sei, oder ob man mir einen Bären aufbinden wollte, aber nach einigen Bieren war die Vorstellung, des spanischen Königs zu Beginn des 20. Jahrhunderts, welcher sich Schmuddelfilme produzieren liess, zutiefst unterhaltsam.

Die abstrusen oder humorvollen Fussnoten von Geschichte, Kultur oder sonstigem regionalen Kuriosum, hatte ich ab und an als Beiträge im Satiremagazin WOLKENSPALTER veröffentlichen können, unter Pseudonym natürlich, was mir nebst meines mageren Lohnes ein zusätzliches, wenn auch ebenso bescheidenes Einkommen beschaffte. Die Anekdote von König Alfons XIII. als Porno-Pionier wäre für eine solche Kolumne mehr als geeignet gewesen, doch eine etwas glaubwürdigere Quelle als nur die Erzählung über einige Biere wäre hier notwendig gewesen. Dieser Hinweis, der hier plötzlich aufgetaucht war, konnte gleichwohl zu dieser Quelle führen. Eine Reise eigens zu diesem Zweck hätte sich keineswegs gelohnt, doch der Zufall wollte es, dass ich noch eine weiteren Abstecher nach Barcelona unternehmen sollte, denn nachdem ich letzten Sommer hingereist war, um die Attraktionen während der warmen Jahreszeit zu studieren, so sollte ich nochmals diese Gegend im Winter besuchen, um, auf Verlangen der Reiseanbieter, touristisch interessante Orte und Aktivitäten zu finden, welche auch die Reisen ausserhalb der Hochsaison anwerben könnten, da diese Jahreszeiten derzeit wenig Auslastung sahen.

Ich nahm den schlüpfrigen Zettel, dessen Absender ich niemals mit Klarheit ausspüren konnte, gut an mich, dass mir diese wertvolle Information nicht verloren ginge. Zugegeben, getrieben wurde ich nicht nur von den Paar Münzen, die die Zeitschrift mir womöglich für meinen Text geben würde, sondern auch von einer tiefgründigen, morbiden Neugier, diese bizarre Legende bestätigt zu sehen.

Am Donnerstag, dem 30. November 1989, ein Datum welches mir seither als Startpunkt dieses Abstieges in die dunkelsten metaphysischen Tiefen in Erinnerung geblieben ist, fuhr ich früh morgens nach Genf, um dort in dem *Catalan Talgo* zu steigen, welcher pünktlich um 11:27 die lange Fahrt nach Spanien antrat, um mit leichter Verspätung um halb zehn abends im düsteren Untergrundbahnhof der *Estació de Sants* in Barcelona einzutreffen. Barcelona wies zu dieser Zeit, anders als man es seit der touristischen Vermassung im 21. Jahrhundert kennt, noch ein sehr anderes, abweisendes Stadtbild auf. Eine graue Stadt, in der Zement und Asphalt vorherrschten, und deren Erscheinung eine Mischung aus vergangenem Glanz des Industriezeitalters in der Innenstadt, und billigen Plattenbauten aus den sechziger und siebziger Jahren in der Umgegend war.

Ich gestehe, im Augenblick meiner Ankunft war die Neugierde über die sagenumwobenen Filme in mir aufgekeimt, wie ein türmender Baum der Begierde nach diesem verbotenen Wissen, der nun seinen Schatten auf alles warf, was ich unternahm. Und so konnte ich auch nicht der Versuchung widerstehen, gleich am darauffolgenden Tag diesem kryptischen Hinweis nachzugehen. Mit einem Regionalzug fuhr ich an den in dieser Jahreszeit nun kargen, menschenleeren Stränden der Garraf-Küste vorbei bis zu meinem Zielort Tarragona, einem im Vergleich zu Barcelona verschlafenen Küstenstädtchen. Erst da kam mir in den Sinn, dass mir eine Adresse fehlte, die zum Namen Francisco Andrés Ocata Camps gehören würde. So sehr hatte mich die Faszination getrieben, dass ich dieses offensichtliche Problem völlig ausser Acht gelassen hatte.

Mein Wissensdurst machte mich erfinderisch, und ich begann die Cafés, welche hierzulande an fast jeder Ecke zu finden waren, und die vor allem in diesen kleineren Dörfern zu Treffpunkten der Nachbarschaft wurden, abzulaufen, um immer wieder nach einem Herrn Ocata Camps zu fragen. Wieder und wieder wurde ich abgewiesen, denn keiner, so schien es, wollte von diesem Menschen gehört haben. War es möglich, dass man mich einfach nur hatte in die Irre führen wollen, eine Art Schelmenstreich also? Doch warum dann dieser seltsame Hinweis auf einen Herrn Ocata Camps in Tarragona, und warum die spezifische Erwähnung der „Filme von Alfons XIII."? Es passte nicht in das Bild eines derben Scherzes.

Mit dem Gefühl, selbst die letzte dieser schäbigen kleinen Wirtschaften abgeklappert zu haben, war ich kurz davor meine Suche aufzugeben, als ich überraschend eine positive Reaktion bekam, von einem alten Wirt, der fast eine Karikatur dieser Leute schien, glatzköpfig, mit einem raumgreifenden Wanst, das verschmierte Hemd mit hochgekrempelten Ärmeln und einem Zigarrenstumpf im Mund. Er kannte den Mann zwar nicht persönlich, aber der Name sollte in der kleinen Bauernortschaft, wo seine Eltern lebten, mal zu hören gewesen sein. Er schickte mich in Richtung Osten, in die hügelige Umgebung hinter der Autobahn, die parallel zur Küste führte, zu einem Weg den er als *Camí del Llorito* nannte, als Papageienweg wäre das zu übersetzen. Es war an sich keine wirkliche Ortschaft, sondern lediglich eine Ansammlung von ein paar Bauernhäusern.

Ein Taxi brachte mich in die Nähe, wollte aber die erwähnte Strasse, welche zwar asphaltiert aber in sehr schlechtem Zustand war, aufgrund der vielen Schlaglöcher nicht weiterfahren, unter der Befürchtung, seinen Wagen zu beschädigen. Also ging ich den Rest dieses Weges, welcher, obgleich er entlang einiger Olivenbäume führte, wenig Charme besass, zu Fuss weiter. Derweil hielt ich nach dem Haus Ausschau, welches zu dem immerzu herumschwirrenden Namen gehören würde: Francisco Andrés Ocata Camps.

Während ich diesen Weg, den man inzwischen gar nicht mehr als Strasse bezeichnen konnte, trottete, musste ich immerzu daran denken, woher denn diese Botschaft überhaupt gekommen wäre. Hatte sie der ausgewanderte Verwandte des Herrn, der mir einst die Anekdote erzählt hatte, geschrieben? Doch woher hatte er gewusst, sich mit mir in Verbindung zu setzen? Warum diesen kleinen Zettel beilegen, anstatt es auf dem Brief zu vermerken? Ich konnte es drehen und wenden wie ich wollte, aber es passte auf keine Art zusammen, dass mir ein Unbekannter, welcher nicht einmal meinen Namen kannte, eine bizarre Erzählung vermittelt, und ich dann Monate später von jemand anderem dazu eine Nachricht bekommen sollte. Erst jetzt, in diesem einsamen Weg, umgeben von Olivenbäumen und wilden Sträuchern, kam ich zur Besinnung, dieses ganze Geschehen überhaupt logisch auszulegen. Gerade diese völlige Inkohärenz machte die Sache fast schon unheimlich. Und trotzdem kam ich nicht über das Gefühl herum, dass sich am Ende dieser Schnitzeljagd doch etwas Ergiebiges befinden sollte. Vielleicht gerade, weil die ganze Situation so unlogisch, so zusammenhanglos war.

Nach gut einer halben Stunde Fussweg erreichte ich ein brüchig aussehendes Anwesen, das erste Haus seit einiger Zeit. Es war eine alte, nicht besonders grosse *Masía*, ein katalanisches Bauernhaus, welches von den weissen Gipswänden und roten Dachziegeln ein sehr mediterranes Aussehen verliehen bekam, und von einem kleinen, merkbar vernachlässigten Garten umgeben war. Die Hecke, welche den Garten um das Haus abgrenzte, schien in dieser einsamen Lage fast schon lächerlich, und so schienen es auch die vielen Pflanzen gemeint zu haben, die ein Kontinuum zwischen der Umgebung und dem überwucherten Vorgarten gebildet hatten, wie es dort geschehen musste, wo der Garten nicht mehr von der Menschenhand gepflegt wurde. Ich prüfte akribisch, wie auch bei den wenigen anderen Liegenschaften, an denen ich vorbeigelaufen war, den Namen, den ich beim Eingang auf einer Türklingel oder auf einem Briefkasten finden könnte. Es schien mir fast wie ein Trugbild als ich auf dem schwer lesbaren Schild, das auf dem rostigen, braunen Blechbriefkasten befestigt war, las: F. Ocata Camps.

Da es keinerlei Klingel gab, trat ich kurzerhand durch die Gittertür ein, welche nicht abgeschlossen war und sich unter lautem Quietschen öffnen liess, und lief durch den Garten, der aus der Nähe nicht nur vernachlässigt, sondern schon völlig verfallen erschien, als ob dieses Anwesen schon seit Jahren verlassen gewesen wäre. Auch das Haus an sich machte einen ähnlich heruntergekommenen Eindruck. Der weisse Putz hatte sich an vielen Stellen von den Wänden gelöst, und einige der Dachziegel, wie auch Fliesen auf dem Boden, waren zerbrochen. Fünf Treppenstufen, die fast alle zerbrochene Fliesen hatten, führten zur Eingangstür des Hauses, welche ebenfalls keinerlei Klingel oder dergleichen besass. Ich klopfte lautstark, in der Hoffnung, dass der verlassene Eindruck, den dieser Ort machte, nur trog.

2

Ich klopfte erneut an die alte Holztür, und kurz darauf öffnete sich diese Tatsächlich. Vor mir stand, nicht wie ich erwartet hatte, ein älterer Herr, sondern ein junger Mann, wohl kaum über zwanzig Jahre alt, von sehr schmächtigem Körperbau und krausem, braunen Haar. Seine leicht hervortretenden Augen sahen mich mit einem Blick an, der darauf deutete, dass mein Besuch äusserst unerwartet war.

„Ja?", fragte er.

„Wohnt hier Herr Francisco Andrés Ocata Camps?", fragte ich.

„Sie suchen Herrn Ocata Camps?", fragte er und sein Gesicht zeigte nun vollkommene Verwunderung.

„Ja, er wohnt doch hier, sein Name steht am Eingang", sagte ich.

„Schon, nur...", begann der Junge und versuchte die Worte zu finden, „Herr Ocata Camps ist vor ein paar Monaten verstorben. Kannten sie ihn denn?"

„Nein, nicht persönlich", begann ich, im Versuch irgendwie zu erklären, wie ich hierher gestossen war, „ich habe eine Information nachgeforscht, die an mich weitergegeben wurde. Ich bekam diese Nachricht von einem unbekannten Absender, sehen sie."

Ich zeigte ihm den Zettel, welchen ich bekommen hatte.

„Und sie wissen nicht, von wem das war?", fragte er.

„Nein, das wollte ich eigentlich Herrn Ocata Camps fragen."

Der junge Mann blieb einen Moment nachdenklich. Die Geschichte war auch ihm wundersam, doch zugleich hatte er scheinbar nicht den Eindruck, dass ich etwas Falsches erzählte.

„Kommen sie doch rein", sagte er schliesslich, „wenn sie schon bis hierher gekommen sind."

Das Innere des Hauses war merkbar weniger verfallen als der Garten es meinen liess, offenbar hatte Herr Ocata Camps einfach diesen nicht mehr gepflegt, womöglich wegen des Alters oder seiner Gesundheit. Das Haus war voller Regale und Vitrinen mit interessanten Gegenständen. Gleich am Eingang stand ein verglastes Regal mit Artikeln, die an die spanische Diktatur erinnerten, darunter eine kleine Fahne mit Adler, ein Abzeichen der Falange, der damaligen Einheitspartei. Die Wände waren übersät mit alten Schwarzweissfotos von unüblichen Orten, wie seltsamen Höhlen, Kornkreisen, Felsformationen oder einem zerfallenen Haus.

„Herr Ocata Camps war also ihr Onkel?", fragte ich, während mein Blick über die vielen Sammlerstücke schweifte.

„Er hatte keine Kinder, und mein Vater ist früh gestorben, deshalb war ich wie ein Sohn für ihn", erklärte er, während er einen Kaffee zubereitete, „ich heisse Jordi Ocata Sánchez."

„Darf ich fragen, woran er gestorben ist?"

„An einem Schlaganfall", antwortete Jordi, „es geschah, während ich bei der Arbeit war. Ich kam fast jeden Nachmittag hier vorbei, um ihn zu besuchen, und ich fand ihn auf dem Boden liegend. Er hatte schon seit längerem Gesundheitliche Probleme, sie sehen ja, wie es draussen aussieht, er hat sich einfach nicht mehr um das Haus gekümmert. Aber er wollte keinen Arzt aufsuchen, er ging sowieso kaum aus dem Haus, fast nur um den Einkauf zu machen. Er war ein... spezieller Mann. Etwas grimmig, ungeduldig, aber bestimmt kein schlechter Mensch."

„Er hatte eine ganz schöne Sammlung hier", sagte ich.

„Das kann man wohl sagen", sagte Jordi mit einem leichten Lachen, während sein Blick über das schier endlose Sammelsurium schweifte, „ich weiss gar nicht wo das alles hergekommen ist. Es war alles schon hier, seit ich denken konnte. Er war sehr stolz auf seine Sammlung, und hat mir immer wieder Geschichten zu all diesen Dingen erzählt. Ich glaube, es war seine Art, die Welt irgendwie zu verstehen."

Jordi brachte mir eine Tasse Kaffee, während ich die vielen Dinge weiterhin betrachtete.

„Darf ich fragen", begann ich, während ich versuchte die angemessenen Worte zu finden, „hat er wirklich diese Filme?"

Jordi senkte den Kopf und lachte ein wenig, sodass ich aus seiner Reaktion schloss, dass er genau wusste, was ich meinte.

„Kommen sie mit", sagte er nur, und lief in Richtung einer Treppe, die in den Keller führte. Unten öffnete er eine Tür und schaltete das Licht an. Anstatt eines Kellers gab es hier einen winzigen Projektionsraum: Vier Stühle standen an eine weisse Wand gerichtet, dahinter ein Tisch mit mehreren Filmprojektoren unterschiedlicher Formate, 16 mm, Super8 und sogar ein tragbarer Projektor für 35 mm Filme. Auf der linken Seite gab es eine weitere Tür, zu welcher Jordi ging, und mir signalisierte, ihm zu folgen. Der nächste Raum war voller Regale mit Filmdosen aller Art.

„Filme waren eine besondere Leidenschaft meines Onkels. Hier", sagte Jordi und hob eine kleine 8 mm Filmrolle hoch, „eine Kopie des Zapruder-Filmes, der von der Ermordung Kennedys, mit den Bildern, die in den meisten Kopien herausgeschnitten sind. Oder der hier", er zeigte mir eine Dose mit einem 16 mm Film darin, „ein Amateurfilm der letzten öffentlichen Hinrichtung in Frankreich. Es ist nicht alles so morbid, es sind auch viele Spielfilme hier, er mochte vor allem die mit Humphrey Bogart, er hat sich Kopien aus den USA liefern lassen. Aber kommen wir zum interessanten Teil."

Er ging ans Ende des Raumes, wo in der Wand eine Tresortür eingebaut war, die Jordi mit einer Zahlenkombination öffnete. Darin befand sich ein kleiner Stapel von rostigen Filmdosen.

„Das hier waren die Kronjuwelen für meinen Onkel. Die pornografischen Filme von Alfons XIII."

Er gab mir eine Filmdose in die Hand, welche ich behandelte, als hätte es sich um eine heilige Reliquie gehandelt. *Consultorio de Señoras*, was so viel hiess wie „Frauenpraxis", stand mit Bleistift handgeschrieben auf einem kleinen Etikett, das auf die Dose geklebt war. „Kommen sie", sagte Jordi, und führte mich in den anderen Raum zurück. Er fädelte den Film sogleich in den Projektor, schaltete das Licht ab, und liess ihn laufen.

Auf den Bildern war zu sehen, wie eine Dame in einen Raum kam, der nach einer Arztpraxis aussah, sich kurz mit dem Arzt unterhielt, und dieser sogleich begann sie zu begrapschen, von da an nahm alles seinen Lauf. Anschliessend zeigte der Film eine andere Dame, die sich vor einem Spiegel auszog, und anschliessend von einem Mann besucht wurde, der dann gleich mit ihr zur Sache ging. Mit solchen obszönen Vignetten ging es eine Weile, bis der Film dann so plötzlich wie er begann auch endete.

Als Krönung meiner ganzen abenteuerlichen Suche nach dieser Reliquie der historischen Fussnoten, war der Film an sich eine regelrechte Antiklimax. Teils wegen seiner fast gänzlichen Abwesenheit von Erotik, so mussten Jordi und ich immer wieder lachen, eher als dass uns diese Bilder wirklich reizen würden. Aber auch, weil sich die ganze Affäre in meiner Vorstellung dermassen aufgebaut hatte, dass eigentlich kaum etwas den Erwartungen tatsächlich hätte gerecht werden können.

Als Jordi den Film wieder zurück in den Tresor legen wollte, fragte ich ihn, wie sein Onkel überhaupt daran gekommen war.

„Soweit ich es verstanden habe", begann er, „wurden von diesen Filmen damals, als sie produziert wurden, von der Produktionsfirma jeweils eine Kopie gemacht, die dann behalten wurde, während die Negative an den Auftraggeber abgegeben und wahrscheinlich zerstört wurden."

„Eine Produktionsfirma?", fragte ich überrascht, „diese Filme wurden einfach in Auftrag gegeben? Bei wem denn?"

„Es waren die Gebrüder Baños, relevante Figuren in der Frühzeit der spanischen Filmproduktion. Ich denke das war sicher nicht ein standardmässiger Auftrag, sondern lief eher über inoffizielle Beziehungen. Aber irgendwer musste die Filme ja machen, das war nicht wie heute, dass man einfach eine Kamera holte und drauf losdrehte. Die Ausrüstung war nicht einfach zu bedienen, und man brauchte auch noch ein Kopierwerk und so. Jedenfalls, die Kopien, die die Produktionsfirma behalten hatte, waren in deren Archiv gelagert, im einstigen Sitz der Firma in der Altstadt von Barcelona, und als dieser irgendwann in den fünfziger Jahren – glaube ich – geräumt wurde, erkannte jemand, was es war, und liess sie mitgehen, bevor die Ordnungskräfte sie bemerken konnten."

„Wirklich eine faszinierende Geschichte", sagte ich.

„Ja, das kann man wohl sagen. Nur weiss ich nicht, was ich mit all dem überhaupt machen soll. Mein Onkel hat mir das Haus vererbt, aber sie sehen ja in welchem Zustand es ist. Und diese Sachen zu verkaufen, traue ich mich irgendwie auch nicht. Es ist ja sozusagen sein Lebenswerk. Na ja, mal sehen."

Als Jordi dies sagte hatte er vorführend die Filmdosen aus dem Tresor genommen, und sie mir gezeigt. Auf einer anderen stand, ebenfalls auf einem Etikett mit Bleistift geschrieben *El confesor*, „Der Beichtvater", und auf der Nächsten *El ministro*, „Der Minister". Man konnte sich gleichwohl ausmalen, was sich hinter diesen Titeln verbergen mochte. Doch es war die dritte Filmdose die ich in die Hand bekommen hatte, welche mir tatsächlich ins Auge fiel. Auf einem ähnlichen Etikett stand nur *Ritual?*. Irgendwie schien dies überhaupt nicht in das Konzept der anderen Filmtitel zu passen, schon wegen dem Fragezeichen im Namen.

„Ist das auch ein solcher Film? Warum das Fragezeichen?"

„Welcher?", fragte Jordi und ich gab ihm die Dose, „Ritual? Komisch, davon weiss ich gar nichts. Ich kann mich an keinen Film erinnern, der auf diesen Titel passen könnte. Wollen sie den mit mir kurz sichten?"

Ich stimmte zu, in der Neugierde zu sehen, ob dieser Film wohl etwas spannender sei, als der, den ich zu sehen bekommen hatte. Jordi lud ihn so gleich in den Projektor, und liess ihn laufen.

Der Film zeigte einen Ort in den Bergen, mit einigen grossen Gebäuden zu sehen. Eine Gruppe von Leuten liefen ins Bild, unterhielten sich, dann zeigte einer nach vorne, und sie liefen weiter. Ich bemerkte, dass einer dieser Leute einen Phonographen mit sich trug, am grossen Trichter erkennbar. In der nächsten Einstellung war es ein Weg an der Felswand, der zu einer Höhle führte. Die scheinbar gleichen Leute, erkennbar am Herrn mit dem Phonographen, welcher auch nun ganz klar als Walzenphonograph zu erkennen war, näherten sich der Höhle, betrachteten diese kurz, und gingen dann hinein. Die folgende Einstellung war unterbelichtet, fast völlig schwarz bis auf die schwache Lichtquelle einer Laterne, welche gerade so die Hand, die diese hielt, sichtbar machte. Dies musste wohl das Innere der Höhle sein.

„Sie sehen, diese Filme brauchten viel Licht", sagte Jordi dazwischen, „diese Lampe hätte für das blosse Auge sicher den Ort erhellt, aber für den Film reicht es nicht. Komisch, das hätte jeder Kameramann damals doch gewusst."

Nach einer Weile dieser Dunkelheit erschienen einige kleine Lichtpunkte, welche anfangs schwer auszumachen waren, und nur dadurch von den vielen Kratzern und dem Staub auf dem Film zu unterscheiden waren, weil sie regelmässig eingereiht waren. Die Lichtpunkte bewegten sich ein wenig hin und her, bis sie plötzlich heller wurden und für einen Augenblick die Szene sichtbar machten, die gleichen Leute von zuvor im Inneren der Höhle. Dann ging der Film auf eine andere, ebenfalls dunkle Einstellung hinüber, welche aufgrund einiger Strassenlaternen im Bild als eine andere zu erkennen war. Einige Menschen mit Fackeln traten ins Bild, das Licht der Flammen liess in der Mitte des Bildes eine Statue erahnen. Die Statue schien nach und nach ein Licht auszustrahlen, welches die Menschen als Silhouetten abzeichnete. Die Leute hoben ab und zu die Arme, und das Licht, welches aus dem Boden zu kommen schien, wurde immer heller und pulsierte. Die Silhouetten bewegten sich immer erratischer, als wäre der Film mit unregelmässiger Geschwindigkeit gedreht worden. Irgendwann fielen sie alle auf den Boden und rührten sich nicht mehr. Die Statue, welche von diesem seltsamen, pulsierenden Licht beleuchtet wurde, war nun gut erkennbar, es schien ein Brunnen zu sein, der mit einem Monument verziert war. Das Licht begann die Erscheinung einer Figur zu bilden, nur leicht abgezeichnet, aber erkennbar als eine abscheulich aberrante Gestalt, deren blosse Präsenz auf dem Film mir das Blut gefrieren liess. Diese Figur bewegte sich alsdann mit zittriger Bewegung auf die Kamera zu, immer näher, bis die Kamera scheinbar umgestossen wurde, und der Film endete.

Ich konnte bei diesen letzten Bildern einen kurzen, unfreiwilligen Angstschrei nicht zurückhalten, und ich sah, dass auch Jordi die Hände reflexartig gehoben hatte, als hätten wir, zurückversetzt in die Zeiten der ersten Filmprojektionen, erwartet, dass das filmische Bild sogleich in unsere Realität heraustreten sollte. Die Bilder, die der Film zeigte, waren, vernünftig betrachtet, gar nicht besonders erschreckend, doch diese letzte Sequenz hatte eine seltsame Ausstrahlung, eine grauenvolle Aura, die mir beim Betrachten durch Mark und Bein gegangen war.

„Was zum Teufel war das?", fragte ich nach einer langen Zeit, die wir schweigend dagesessen und auf die weisse Wand gestarrt hatten.

„Ich habe keine Ahnung", antwortete Jordi ebenso bestürzt, „diesen Film habe ich nie gesehen, oder auch nur etwas davon gehört."

„Sie können mir nichts darüber sagen?", hakte ich nach. Es liess mich nicht los, herauszufinden, auf was wir für einen bizarren Streifen wir gestossen waren. Dieser seltsame Film hatte eine Neugier in mir geweckt, welche die, um der obszönen Produktionen des Königs bei weitem in den Schatten stellte. Vielleicht wollte ich einfach nur wissen, warum ein Film eine solche viszerale, körperliche Reaktion hervorrufen konnte, oder womöglich ahnte ich bereits, dass sich hinter diesem Film etwas viel tiefgründigeres befand, etwas entsetzliches, was mehr als nur eine Inszenierung war, und so konnte ich den Wunsch nicht unterdrücken, dem Aberranten, dem Verbotenen nachzugehen. Mein bewusstes Denken pochte vergebens auf den Schluss, dass dies nur ein Film sei, und das Übernatürliche, das Teuflische, doch gar nicht existierte, ausser im Geist des Menschen.

„Ich würde annehmen, er kam aus dem gleichen Bestand wie die anderen Filme im Tresor, aber mehr weiss ich nicht. Der Anfang des Filmes, diese Gebäude in den Bergen, das ist das Kloster von Montserrat. Es ist das Einzige, was ich erkennen konnte."

Ich kannte das Kloster von Montserrat, es war ein beliebter Ausflugsort, etwa eine Stunde von Barcelona entfernt. Dies sollte also mein einziger Anhaltspunkt sein, um auch dieser Spur nachzugehen.

„Ich will gar nichts weiter davon wissen", sagte Jordi, als er mich nach draussen begleitete, „ich werde den Film wieder dort verstauen, wo er lag. Ich glaube, wir hätten ihn gar nicht erst finden sollen."

3

Dunkle Wolken sammelten sich bedrohlich über dem Massiv des Montserrat, als ich dieses am folgenden Tag aufsuchte. Der Kassierer in der Talstation der alten, gelben Gondelbahn, welche schon an sich einer Zeitreise in die dreissiger Jahre, als diese erbaut wurde, gleichkam, machte keinen Hehl daraus, dass er mich lieber nicht hätte einsteigen lassen. Er begründete es mit dem Wetter, denn obgleich es bisher nur die dunklen Wolken waren, so konnte ein plötzlich eintretender Wind die Talfahrt für mich verunmöglichen. Ich ahnte zugleich aber, dass es ihm vielleicht auch einfach nur ärgerte, die ganze Maschinerie für einen einzigen Fahrgast in Gang zu setzen, denn es schien sich niemand in absehbarer Zeit noch dazuzugesellen. An einem solchen grauen Dezembertag blieben die sonst üblichen Scharen von Besuchern verständlicherweise aus.

Langsam und lautlos fuhr das gelbe Vehikel gen Himmel, um alsbald in den dichten Wolken zu verschwinden. Der wortkarge Gondelführer und ich fanden uns zeitweise von einem undurchdringlichen Miasma umgeben, welches jeglichen Orientierungssinn unbrauchbar machte, und selbst die Fahrbewegung zur Glaubenssache reduzierte. Erst ein steinerner Masten auf halbem Weg gab nicht nur der Seilbahn, sondern auch der Wahrnehmung wieder einen Halt.

Oben angekommen kam ich im vertrauten Gelände des Klosters zu Montserrat an, welches ich als bekannten Ausflugsort zuvor schon für meine Recherchen besucht hatte. Hier bildeten nebst der Kirche mit ihrer berühmten schwarzen Madonna auch noch mehrere weitere Gebäude ein ganzes kleines Städtchen, welches unter anderem eine Pension, eine Wirtschaft und ein Museum beherbergte. Verschiedene Wanderwege führten von hier aus in die Berglandschaft, welche von bizarren, in den Himmel ragenden Steinsäulen, eigentlich vom Regen abgerundeten Felsgebilde, versehrt war, die wie versteinerte Riesen dieses kleine Tal, in welchem sich das Kloster befand, zu belagern schienen, als wollten sie am liebsten den Menschen aus diesem heiligen Berg verjagen. Dieser Ort zog zumal Pilger wie auch Touristen an, doch an diesem Tag fand ich nur eine geisterhafte Leere auf. Lediglich ein Paar wenige Besucher bestätigten, dass dieser Ort nicht urplötzlich, folglich eines seltsamen Unheils, verlassen worden war.

Mir war es darum, jemanden aufzusuchen, der wohl sachkundig genug über diesen mystischen Ort sein könnte, dass er im Stande wäre, mir Aufschluss über diesen Film zu geben, dessen Inhalt mich dermassen bestürzt hatte, dass ich meinte, nur eine tiefere Erkenntnis würde mir erlauben, aus diesem Zustand von geistiger, gar sogar seelischer Benommenheit herauszutreten.

Nach einer Weile traf ich schliesslich auf zwei Mönche, die ich anflehte, mich für eine Recherche über einen seltsamen Film aus den frühen Jahren des 20. Jahrhunderts wohl zum Abt oder einem sonstigen Ältesten zu führen. Ihre Reaktion war aufs Erste nicht sehr einladend, doch ich konnte sie schliesslich überzeugen, dass ich, obgleich meiner seltsamen Geschichte, keine unlauteren Absichten hegte, und wurde schliesslich sogar dem Abt vorgeführt.

Der Abt, ein unscheinbarer Mann mittleren Alters, sass in einem kleinen Arbeitszimmer, dessen Wände fast gänzlich mit Bücherregalen versehen waren. Er betrachtete mich beim Eintreten mit ruhigem Blick, obgleich ich in seinem Gesichtsausdruck ein Anzeichen von Gerissenheit erkennen konnte, und er hörte sich meine Ausführung und die detaillierte Beschreibung über das, was in diesem Film zu sehen war, geduldig an, um am Ende eine Miene zu ziehen, die von Argwohn zeugte. Ich wusste nicht, ob dies aufgrund meiner abenteuerlichen Ausführungen, oder des berichteten Filmes und dessen Inhaltes wegen.

„Es klingt tatsächlich sehr grotesk, wie sie das alles beschreiben", sagte er, „erlauben sie mir doch, in einer Chronik nachzuschlagen."

Er stöberte eine Weile in verschiedenen alten Büchern, welche er nach und nach aus den vielen Regalen in seinem kleinen Zimmer holte, bis sich ein kleiner Stapel auf dem Schreibtisch angesammelt hatte, doch ohne dass seine Suche wirklich ergiebig wäre.

„Es tut mir wirklich leid", sagte er, „aber ich kann nichts in diesen Aufzeichnungen finden, was zu ihrer Geschichte passen würde, so sehr ich auch selber gerne wissen wollte, was sich tatsächlich dahinter befindet. Wir legen grossen Wert darauf, dass alles, was in unserem Kloster vorgeht, aufgezeichnet wird. Aber von einem solchen Besuch ist nichts verzeichnet. Alles, was ich ihnen sagen kann, ist dass ich selber gern mehr darüber erfahren hätte."

„Ich stehe leider selber vor einer Sackgasse", antwortete ich mit schlecht verborgener Enttäuschung, „trotzdem danke ich ihnen, dass sie sich die Zeit dafür genommen haben."

Ich schüttelte dem Abt die Hand, und verliess mit gesenktem Haupt die Abtei, in der Vorahnung, dass ich dieses Rätsel nicht mehr lösen würde. Dabei wäre es, so sollte ich im Nachhinein erfahren, besser gewesen, wenn dies tatsächlich so eingetreten wäre, denn ich konnte nicht ahnen, dass dieser unerfüllte Wissensdrang bei weitem ein kleineres Übel gewesen wäre, als es dessen Erfüllung sein sollte. Doch so ist die *conditio humana*, worin wir die grösseren Schrecken nicht erahnen können, welche sich hinter dem Verdruss des Unwissens verbergen, und letztlich immer wieder dazu getrieben werden, diese ans Licht zu bringen.

Eine Stimme riss mich aus meinen Gedanken, die Stimme eines älteren Herrn, welche sprach: „Verzeihung, junger Mann."

Erschreckt drehte ich mich in die Richtung, aus welcher die Stimme gekommen war, und fand einen Greis vor mir, von hagerem Körperbau und zerbrechlicher Erscheinung, faltigem Gesicht und wenigen weissen Haaren auf dem Kopf, der gebeugt stand und sich auf einem Gehstock stützte.

„Ja bitte?", fragte ich.

„Verzeihung, aber ich habe etwas von ihrer Konversation zuvor überhört. Sie sprachen von einem Film, einem sehr alten Film."

Ich konnte mir nicht vorstellen, was dieser Greis wohl davon wissen wollte, doch ebenso wenig kam mir in den Sinn, dass er etwas im Schilde führe.

„Das ist richtig, ein seltsamer Streifen, auf welchem eine Gruppe von Leuten zu sehen ist, die hier auf den Montserrat kommen und dann in eine Höhle gehen", erklärte ich.

„Tatsächlich...", sagte der Greis nachdenklich, „hatte... hatte eine dieser Personen womöglich einen Phonographen mit sich?"

Ich traute meinen Ohren kaum, als der alte Herr den Phonographen erwähnte. Ich hatte diesen nur dem Abt erwähnt, und diese Konversation hätte dieser Mann nie und nimmer von draussen mitbekommen können.

„Woher wissen sie das?", platzte es aus mir heraus.

„Dann ist es wohl doch so, wie ich befürchtet hatte. Sie haben es tatsächlich getan. So viele Jahre, und nun habe ich Gewissheit. Gott möge uns alle bewahren."

Der Greis wandte sich zerstreut von mir ab, doch nun war ich unter keinen Umständen bereit, ihn einfach so ziehen zu lassen.

„Moment", rief ich, „warten sie, was meinen sie damit, dass sie Gewissheit haben? Woher wussten sie vom Phonographen? Bitte, ich muss es wissen."

Der Greis sah mich eine Weile mit einer Mischung aus Mitleid und Beängstigung an, als er überlegte, ob er seine Geheimnisse preisgeben sollte.

„Ich will ihnen gerne erzählen, was ich weiss, junger Mann", sagte er, „doch nicht hier. Dies ist ein heiliger Ort, und was ich ihnen erzählen werde, ist eine sehr unheilige Geschichte. Suchen sie mich morgen auf. Kennen sie das Operntheater von Barcelona, das *Liceu*?"

Ich bejahte seine Frage.

„Treffen sie mich morgen um vier dort, und ich will ihnen alles darlegen, was ich weiss."

Dann wendete er sich ab, und ging in Richtung der Kirche, wohin ich in dem Moment nicht wagte, ihm zu folgen.

Stattdessen gehorchte ich seiner Anweisung, und ging am nächsten Tag wie von ihm erfordert gegen vier Uhr nachmittags zum Operntheater, welches direkt an den berühmten *Ramblas*, mitten in der Altstadt, lag. Ich lief vorbei an den dort damals noch üblichen Ständen, von welchen einige Vögel und andere Blumen verkauften, bis ich nach wenigen Minuten Fussweg das *Liceu* erreichte. Die schöne Fassade dieses Theaters aus der Belle Époque ging im Stadtbild fast unter, da die für eine Hauptstrasse im Stil eines Boulevards recht engen *Ramblas*, sowie die vielen, gross gewachsenen Bäume an den Seiten, es schwer machten, diese angemessen zu bestaunen.

Ich konnte in dem Moment nur hoffen, dass es der Greis mit der Abmachung auch tatsächlich ernst gemeint hatte, und mich nicht nur hatte abwimmeln wollen. Ich meinte, dass dieses konkrete definierte Treffen wohl eher darauf hinwies, dass er es auch einhalten würde, doch wie ich ihn nirgends sehen konnte, überkam mich nach und nach der Gedanke, ob es wohl einfach nur eine Erfindung gewesen wäre, um die Ausrede glaubhaft erscheinen zu lassen.

Die sonst meist sehr belebten *Ramblas* waren aufgrund des kalten Wetters weniger besucht als sonst, und ich war sicher, dass ich den alten Herren bestimmt gesehen hätte, wenn er sich in der Nähe befunden hätte. Schliesslich versuchte ich als Ultima Ratio zu schauen, ob der Mann vielleicht im Foyer des Theaters selber zu finden wäre. Tatsächlich wurde ich dort fündig: In der prächtigen Eingangshalle, deren Boden mit Schachbrettfliesen ausgelegt war, und wo grosse Säulen von rosa Marmor türmten, fand ich den Greis auf einer kreisrunden Bank, wie sie um einige der Säulen platziert waren, mit den Armen auf dem Gehstock ruhend sitzen. Ich näherte mich ihm langsam, als würde ich meinen Schritt in Ehrfurcht vor diesem unwirklich schönen Raum mässigen.

„Da sind sie ja", sagte der Mann, als er mich sah, „ich dachte sie kommen nicht mehr."

„Entschuldigung, ich hatte gedacht, sie würden draussen auf mich warten", erklärte ich.

„Nein, nein, bei dieser Kälte. Auch wenn ich nicht... nun ja. Ein schönes Theater, finden sie nicht?"

„Man stellt es sich kaum vor, das Äussere ist so unscheinbar", sagte ich.

„Das stimmt, so ist wohl manches im Leben, dass es nach aussen hin nicht auffällig erscheint, aber sich viel dahinter verbirgt. Kommen sie."

Mit Mühe erhob der Mann sich, und begann langsam die grosse Treppe hinaufzulaufen.

„Ich habe eine Zeit lang hier gearbeitet, wissen sie", begann er, „die kennen mich alle hier, und lassen mich auch mal herumspazieren. Dieser Ort bringt viele Erinnerungen zurück."

Ich versuchte die Worte zu finden, um, ohne unhöflich zu sein, auf das eigentliche Thema, weshalb ich ihn aufgesucht hatte, zu kommen.

„Sie hatten gestern erwähnt, dass sie mir etwas über diesen Film sagen könnten, wissen sie noch?", sagte ich.

„Richtig, ich habe es nicht vergessen. Aber könnten sie mir noch den Rest des Filmes beschreiben?"

Ich ging auf jede einzelne Szene ein, die der Film in meine Erinnerung eingebrannt hatte, während der Greis hierbei zustimmend nickte, als sei all dies etwas gewesen, was er genauso erwartet hatte.

„Das bestätigt ja dann tatsächlich meinen Verdacht. Ich wollte sicher sein, verstehen sie? Nun, es ist alles eine lange Geschichte, welche vieles mit diesem Theater zu tun hat. Wussten sie, dass die erste autorisierte Aufführung von Wagners Parsifal ausserhalb von Bayreuth hier stattfand?"

„Nein, das wusste ich nicht", antwortete ich. Klassische Musik war nicht so das Meine, und meine Kenntnisse entsprechend begrenzt.

„Wagner wollte, dass der Parsifal nur in Bayreuth aufgeführt werden sollte, und solange das Urheberrecht galt, wurden keine Aufführungen anderswo zugelassen. Seine Witwe Cosima schaffte schliesslich nicht, dass eine Verlängerung dieses Urheberrechtes erteilt würde, und es lief auf den 1. Januar 1914 ab. Viele Opernhäuser bereiteten deshalb ihre Aufführungen genau auf den Neujahrstag vor. Auch hier in Barcelona. Nur gab es damals noch eine Zeitverschiebung zwischen Spanien und Mitteleuropa, wir liefen hier mit englischer Zeit, bis Franco in den vierziger Jahren die Zeitzone auf die Mitteleuropäische anglich. Also konnte Barcelona den Parsifal eine Stunde früher als alle anderen Orte aufführen."

„Ich hätte nicht gedacht, dass man hierzulande so sehr in Wagner vernarrt sei", meinte ich.

„Und wissen sie noch etwas: Ich war in dieser Aufführung dabei."

Nun wurde ich sprachlos, diese Aufführung lag ein dreiviertel Jahrhundert zurück. Der Mann war offensichtlich alt, aber so alt hatte ich ihn nicht eingeschätzt.

„Aber dann müssen sie ja..."

„Ich bin dreiundneunzig Jahre alt", sagte der Greis, „und damals war ich ein junger Hüpfer von neunzehn Jahr. Hier beginnt meine Geschichte eigentlich. Wir müssen sogar noch ein Stück weiter zurück, in das neunzehnte Jahrhundert. Spanien war damals ein sehr rückständiges Land, also mehr noch als heute, wenn sie sich das überhaupt vorstellen können, ein Land von vergangenem Ruhm und verblasstem Glanz, das den Anschluss an die Moderne nicht gefunden hatte. Katalonien konnte sich in der industriellen Revolution behaupten, und erlangte einen beträchtlichen Reichtum, wo zuvor fast nur der Adel vermögend gewesen war. Es bildete sich eine Bewegung von kultureller Renaissance, die *Renaixença*, welche Kultur förderte und auch die katalanische Sprache aufwertete. Viele Leute der katalanischen Elite von damals verachteten Spanien, eben weil es so ein rückständiger Staat war, und mit ihrem kulturellen Interesse versuchten sie, eine Nähe nach Mitteleuropa zu suchen, vor allem nach Deutschland, welches damals eine aufstrebende Macht war.

Eine Gruppe von Medizinstudenten, die auch Musikliebhaber waren, bildeten also 1901 die *Asociació Wagneriana de Barcelona*, die Wagner-Vereinigung von Barcelona, welche meistens nur als die *Wagneriana* bezeichnet wurde. Anfangs war es, wie der Name ja schon sagt, nur eine Vereinigung von Liebhabern der Musik Wagners. Aber sie nahm bald sehr katalanisch-nationalistische Züge an. Die Mitglieder waren fast alle patriotischen Katalanen, die aus ihrem Unmut gegenüber Spanien, welches sie als Land von kulturlosem Pöbel sahen, keinen Hehl machten. Im Zentrum der *Wagneriana* stand mit der Zeit immer mehr die Politik, weit mehr als das Interesse für Musik. Alles, was irgendwie mit Spanien zu tun hatten wurde verachtet, und das breitete sich letztendlich auch auf den Katholizismus auf, der in Spanien bis heute einen sehr hohen Stellenwert hat. Manche dieser Leute begannen sich für Okkultismus zu interessieren, fast als eine Art Gegenbewegung zum Katholizismus. Das wusste ich damals nicht, als ich um 1912 der *Wag-*

neriana beitrat. Ich war damals auch ein idealistischer Katalane, von den Einflüssen meines kleinbürgerlichen Umfeldes geprägt, und diese Gruppe von gebildeten Intellektuellen, die sich, so schien es mir, sich politisch für ihre Heimat und für die Kultur einsetzten, sprach mir zu. Allerdings war ich nie in den inneren Zirkeln dieser Gruppe, welche sich zu dem Zeitpunkt bereits voll und ganz dem Okkultismus und der Teufelsanbetung verschrieben hatte. Einiges davon wurde offen gehandhabt, denn es war für uns eine Rebellion gegen den Katholizismus, und damit eine Rebellion gegen die Seele dieses verkommenen Spaniens. 'Der gefallene Engel' wurde immer wieder erwähnt, der Bringer von Erleuchtung, der vom Katholizismus zu Unrecht verteufelt wurde, um die Menschheit im Dunkeln zu halten."

„Lucifer", sagte ich, „der Teufel." Der Greis zuckte mit den Schultern und nickte.

„Wie ich später erfuhr, wurden im inneren Kreis der *Wagneriana* seltsame Rituale durchgeführt, wahrscheinlich wurde deshalb diese Vereinigung nicht lange nach der erwähnten Aufführung des Parsifal aufgelöst, vielleicht waren sie sogar schon von den Behörden verfolgt. Die Begründer verschwanden jedenfalls zu dieser Zeit. Manche meinten, sie wollten der Verfolgung wegen dieser Tätigkeiten entgehen. Aber was aus ihnen wurde, weiss keiner genau. Um die Zeit begann auch der erste Weltkrieg, und in den Wirren ging die ganze Geschichte schliesslich unter."

„Wie kommt dies aber zu diesem Film über Montserrat?", fragte ich.

„Genau. Ich half damals der *Wagneriana*, die Aufführung des Parsifal vorzubereiten. Es war ein Moment von regelrechter Apotheose, denn wir wussten, wir würden die ersten sein, die dieser Oper ausserhalb von Bayreuth beiwohnen könnten. Was ich damals nicht wusste, ja nicht wissen konnte, war, dass es für den inneren Zirkel der *Wagneriana* tatsächlich weit mehr sein sollte als nur die Aufführung einer Oper. Sie hatten das Ganze als ein grosses, okkultistisches Ritual gestaltet. Bei dieser Aufführung ging eine üble Energie durch den Saal, was mir erst lange Zeit später klar wurde, als viele andere Leute, die damals beigewohnt hatten, mir ein ähnliches Gefühl schilderten.

Wissen sie, beim Glauben, bei der Religion, sind alle Riten und Rituale weit mehr als nur Traditionen, die man der Tradition halber weiterführt. Es hat vieles mit Energien zu tun, aber das ist ein Wissen, das mit der Zeit wohl vergessen ging. Haben sie das nicht manchmal auch gespürt, dass sie eine Kirche betreten, und sich gleich von einer besonderen Aura umgeben fühlen? Viele Leute tun es einfach als Einbildung ab, weil es gegen unsere rationale Idee der Realität geht, weil wir meinen, alles muss sichtbar sein, messbar, sonst existiert es nicht. Wir haben verlernt, auch unsere tieferliegende Wahrnehmung zu schätzen. Und hier geschah es in gewisser Weise auch so, nur war es eine kolossale teuflische Energie, die Entfacht wurde.

Eine Bitte, die man damals in Vorbereitung des Parsifal an mich stellte, konnte ich bis heute nicht ganz verstehen. Man bat mich, einen Phonographen zu besorgen. Nicht ein Grammophon, welches mit Platten funktionierte, sondern einen Phonographen für Wachswalzen, denn mit diesen konnte man ziemlich einfach eigene Aufnahmen machen, man benötigte nur eine spezielle Nadel und Walzenrohlinge. Das gab es damals in Fachgeschäften zu kaufen, wie heute ein Kassettenrekorder."

Als ich die Erwähnung des Phonographen hörte, begann ich endlich die Verbindung zu diesem Film zu erkennen, denn es war genau ein solcher Phonograph, der mir so auffällig ins Auge gesprungen war.

„Dann waren diese Leute in dem Film die von der *Wagneriana*?", fragte ich. Der Greis machte mit der Hand ein Zeichen, dass ich abwarten sollte.

„Ich habe nie ganz verstanden, was es mit diesem Phonographen auf sich hatte. Einer aus der Vereinigung brachte sich am Abend der Aufführung im Orchestergraben mit dem Phonographen in Stellung. Ich meinte, er wollte einfach einen Abschnitt der Musik aufnehmen. Doch ich bin überzeugt, es war mehr als das. Vielleicht diese ganze teuflische Energie, die in diesem Ritual freigesetzt werden sollte, mit den Phonographen einfangen? Ein seltsamer Gedanke.

Die inneren Mitglieder der *Wagneriana*, hatten den Gedanken entwickelt, dass diese damals neuen technologischen Möglichkeiten des Filmes und der Tonaufnahme die endgültige Erhebung des Menschen zur Gottheit bedeuteten. Denn wo der Mensch den Raum bezwungen hatte, indem er das Umfeld nach seinem Wunsch formte, und indem er mit mechanischen Fortbewegungsmitteln auch entlegene Orte in kurzer Zeit erreichen konnte, so konnte er mit Film und Tonaufnahme auch die Zeit bezwingen, indem Bilder, Bewegungen und Töne beliebig wiedergegeben werden konnten. Selbst wenn jemand sterben sollte, würde er in Bild und Ton weiterleben. Der Mensch war somit nun Herr über Raum und Zeit, Leben und Tod. Oder so zumindest, waren die okkultistischen Ideen, die sich in der *Wagneriana* bildeten."

„Und welche Rolle spielt Montserrat bei all dem?", fragte ich dazwischen, „oder überhaupt diese seltsamen Bilder, die ich gesehen habe?"

„Hier beginnen die Lücken meiner Erkenntnisse. Kommen wir nochmal zurück zu Wagners Parsifal. Sie sind ja nicht mit diesem Werk bekannt. Es handelt von den Gralsrittern, und einem jungen Mann, dem 'reinen Tor' Parsifal, der dazu auserwählt ist, König der Gralsritter zu werden. So in etwa. Jedenfalls wird dort dann erwähnt, dass der Gral bei 'Montsalvat' ruht. Wussten sie übrigens, dass Heinrich Himmler im Jahre 1940 Montserrat besucht hat?", sagte der Greis. Dieser Mensch kam kaum zur Sache, doch vielleicht war es des Alters wegen, dass er nicht meine jugendliche Hast nachvollziehen konnte.

„Nein, das wusste ich nicht", antwortete ich, „aber was hat das nun mit der ganzen Sache zu tun?"

„Himmler kam zum Montserrat auf der Suche nach dem heiligen Gral. Er erhoffte sich etwas, das den Deutschen eine übernatürliche Macht erteilen würde."

„Himmler ging allen möglichen wirren Theorien nach, das ist bekannt", meinte ich.

„Vielleicht war es eine wirre Theorie, wie sie sagen", meinte der Greis, „aber im Film, den sie gesehen haben, war auch Montserrat zu sehen, nicht wahr?"

„Himmler meinte, Montsalvat bezieht sich auf Montserrat?", fragte ich.

„Im Parsifal wird erwähnt, dieser Ort sei im Nordosten Spaniens, die Annahme liegt also nahe. Himmler war nicht der Erste, der auf diese Idee kam."

„Sondern die *Wagneriana*", sagte ich, wie ich nun die einzelnen Teile der Geschichte zusammenfügte. Der Greis nickte mit einem müden Lächeln.

„Es ist auf jeden Fall die gleiche Beziehung zwischen dem Parsifal und Montserrat. Ich nehme an, dass dieses ganze Vorhaben überhaupt gefilmt wurde, weil das auch mit dieser Idee der Herrschaft über Raum und Zeit zusammenhängt. Das Filmen und Aufnehmen dieser ganzen Rituale waren nicht nur dazu da, es bloss aufzuzeichnen, sondern es im wahrsten Sinne des Wortes zu verewigen. Alles, was sich da zugetragen hat, lebt weiter."

Es war zu diesem Zeitpunkt, wo mir in den Sinn kam, was wir mit der Projektion dieses Filmes womöglich getan hatten, nämlich dieses Ritual erneut ins Leben zu rufen, als liesse man einen Geist aus der Flasche.

„Aber haben dann diese Leute tatsächlich den heiligen Gral, oder sonst etwas derartiges, im Montserrat gefunden?", fragte ich. Der Greis zuckte mit den Schultern

„Ich habe viele Jahre dafür aufgewendet, aus dem was ich erlebte, oder zumindest mitbekommen habe, Sinn zu stiften. Ich habe mein langes Leben dazu verwendet zu recherchieren, Leute von der *Wagneriana* auszufragen, die noch auffindbar waren, und teils sehr obskure Quellen zu suchen. Aber das meiste ist mir bis heute nicht klar. Nach dieser Aufführung des Parsifal bekam ich so gut wie nichts mehr von diesen Leuten mit. Ob sie tatsächlich irgendwie den heiligen Gral auf dem Montserrat gefunden haben, oder wie es dann weiterging, ist mir selbst ein Mysterium.

Was ich weiss, ist, dass wenig später grosses Unheil über die Welt kam, wie sie ja wissen, der erste Weltkrieg, den man die Urkatastrophe des zwanzigsten Jahrhunderts nennt, später hatten wir hier in Spanien einen Bürgerkrieg, dann kam auch noch der zweite Weltkrieg, dann kam die Diktatur. Schwere Zeiten waren das damals. War es nur Zufall oder ein Werk des Bösen? Ich weiss es nicht. Vielleicht wurde irgendwann das Böse wieder gebändigt. Ich denke aber, dass ich es niemals erfahren werde. Vielleicht ist es auch besser, manche Dinge nicht zu wissen, so sehr die Neugier auch an uns nagt und uns vorantreibt, voran in den Abgrund. Neugier ist der Katze Tod."

Wir liefen wieder hinaus auf die *Ramblas*, die Wolken hatten sich inzwischen etwas verzogen und die Sonne schien wieder, was auch weniger Kälte verspüren liess. Der Greis setzte sich auf eine Bank, nachdem er die ganze Zeit wie er mir all das erzählt hatte durch das Theater spaziert war. Seine Schilderung hatte mir einerseits das Rätsel gelüftet darüber, was ich auf dem Film gesehen hatte, doch zugleich hatte es endlose weitere Fragen herbeigeführt, Fragen, die weit über das Wissen dieses Greises hinaus gingen.

„Ich danke ihnen für die Ausführungen, es war... aufschlussreich", sagte ich, im Versuch nicht undankbar zu erscheinen für diese Erzählung, welche mir mehr Fragen als Antworten hinterlassen hatte.

„Ich habe zu danken. All das, was ich ihnen erzählt habe, trug ich die vielen Jahre wie ein Kreuz auf mir. Ich glaube, ich bin nur so alt geworden, weil diese Last mir nicht erlaubte, diese Ebene unserer Existenz in Frieden zu verlassen. Jetzt, da ich es ihnen beichten konnte, spüre ich wie die Bürde sich verflüchtigt. Ich bin von meinem Laster befreit."

Er stand auf, mit viel mehr Gewandtheit als zu Beginn unseres Treffens, und sagte nur: „Ich nehme nun Abschied von ihnen. Leben sie wohl." Und ohne dass ich noch etwas sagte, lief er mit erstaunlicher Leichtigkeit die *Ramblas* hinab, in Richtung der Unendlichkeit des Meeres, welche sich am Ende dieses Weges eröffnete.

Mein unerwartetes Treffen mit diesem Greis, dessen Name ich nicht einmal wusste, hatte mir Aufschluss gegeben über die Herkunft dieses seltsamen Filmes, doch die Neugier über dessen Inhalte nagten aus unverständlichen Gründen mehr denn je an mir. Hatte ich tatsächlich gesehen, wie eine Teufelsbeschwörung vorging? Hatte das Böse sich unserer Welt seitdem ermächtigt, oder war es gebändigt worden? Und was hatte all dies mit der Legende des Heiligen Grals, der auf dem Montserrat verborgen wäre, zu tun? Es konnte nicht sein, dass an diesem Ammenmärchen tatsächlich etwas Wahres sein sollte. Aber wenn nicht, wieso kam diese Verbindung immer wieder auf? Konnte es wirklich alles nur Zufall und Humbug sein? Mein Kopf sagte ja, mein Bauch sagte nein.

4

Ich hatte nach meinem Treffen mit dem Greis noch versucht, den jungen Mann Jordi, den Neffen des verstorbenen Besitzers von jenem bizarren Film, aufzusuchen, um ihm das, was ich hatte in Erfahrung bringen können, weiterzugeben, da ich mich nach seiner unschätzbaren Enthüllung an ihn verpflichtet fühlte. Doch das brüchige Anwesen in Tarragona fand ich, bei meinem Besuch einige Tage später, kurz bevor ich wieder abreisen sollte, völlig leer auf, und nur weil ich selber einige Tage zuvor dort einen Besuch getätigt hatte nahm ich nicht an, dass es schon seit langer Zeit verlassen gewesen sei, wie der Eindruck dieses geisterhaften Ortes nun vermittelte. Ich konnte nur annehmen, dass Jordi das Haus aus finanziellen Gründen kurzerhand hatte räumen lassen, trotzdem schien es mir auffällig, dass dies innerhalb von nur wenigen Tagen geschehen war, in einem Land wo sonst jegliche grössere Unternehmung grosszügig Zeit in Anspruch nahm, und zumal er auch nicht mit Sicherheit ausgedrückt hatte, ob er sich tatsächlich ohne weiteres der vielen Erinnerungsstücke entledigen wolle. Doch im Fehlen einer anderen Adresse oder Telefonnummer war es mir nicht mehr möglich, mit ihm Kontakt aufzunehmen. Ebenso wenig konnte ich nun den Film weiter begutachten, oder gar seine Existenz nachweisen. Folglich blieb mir keine andere Wahl, als das ganze Thema widerwillig zur Ruhe zu legen, und mich, so gut es ging, mit dem, was ich gelernt hatte, zufrieden zu geben.

Lange Jahre vergingen, in welchen der Spross dieses unreinen, verbotenen Wissens in meinem Geist weiterhin Wurzeln schlug, obgleich er zu keiner Zeit die Nährstoffe erhielt, die erlaubt hätten, dass aus diesem Spross tatsächliches Wissen hätte wachsen sollen. Und es wäre, angesichts der letztendlichen Auswirkungen dieses ganzen Vorfalls, zweifelsohne besser gewesen, wenn dieser Spross, so er auch infolge seines entsetzlichen Ursprungs nicht mehr verwelken konnte, auch nicht weitergewachsen, sondern in einem Zustand von Scheintod geblieben wäre. Doch es war wohl eben diese infernale Wurzel, welche, einstmals gesprossen, sich früher oder später unweigerlich durchsetzen würde.

So geschah es im Jahre 2019, genau drei Jahrzehnte nach meiner ursprünglichen Recherche, als ich durch einen Zufall, während ich die bizarren Nachrichten durchstöberte, zu welchen das Internet uns nun Zugang bot, auf eine Meldung stiess, welche sich auf die pornografischen Filme des spanischen Königs Alfons XIII. bezog; die, die den Ausschlag zu diesem ganzen Geschehnis gegeben hatten. Diese Filme an sich bargen für mich nur noch wenig praktisches Interesse, zumal ich seit vielen Jahren von meiner Tätigkeit als gelegentlicher Autor des Satiremagazins WOLKENSPALTER distanziert worden war, als dieser sich mehr auf prestigeträchtige Autoren ausgerichtet hatte. Ein unter Pseudonym schreibender Redaktor von billigen Reiseführern hatte in solcher Gesellschaft nichts mehr zu suchen. Auch sonst hatte mein Leben sich in vielerlei Hinsicht nicht zum Besseren gewendet. Einstmals wurde ich von meiner Partnerin verlassen, welche wohl diesen verdriesslichen Versager kaum als den Mann sehen konnte, mit dem sie den Rest ihres Lebens verbringen würde.

Ich hielt mich dieser Zeiten schon seit längerem hauptsächlich als Redaktor von Reiseinhalten über Wasser, hauptsächlich für Internetportale und bezogen auf meine Heimat, die Schweiz, da diese Portale bevorzugt heimische Redaktoren anheuerten, anstatt diese für teures Geld um die Welt reisen zu lassen. Meine Wohnung in Zürich, nahe des Hönggerbergs, einem ruhigen und ansehnlichen Mittelklassenquartier, hatte einer winzigen Zweizimmerwohnung im Vorort Dietikon, umgeben von Strassenlärm und Baustellen, weichen müssen, da die Entlohnung meiner armseligen Anstellung nicht für etwas Besseres reichte. Womöglich war es gerade meine aussichtslose Situation, mit einer Arbeit ohne Aufstiegsmöglichkeiten und einem dürftigen Gehalt sowie mein einsames Dasein in einem grauen Vorort, welche mich dazu drängte, dieser unnützen Schnitzeljagd erneut nachzugehen, als wäre dies ein Ersatz für meine fehlenden Karriereaussichten oder sonstigen persönlichen Erfolge.

Was mir nun an diesem Bericht, welcher erklärte, dass Kopien dieser Filme in Valencia aufgetaucht waren, ins Auge fiel, war, dass ebenfalls erwähnt wurde, wie diese einem ehemaligen Bestand der Produktionsgesellschaft der Gebrüder Baños entstammten, welcher zudem über reichliche Unterlagen bezüglich der Filmproduktion des frühen 20. Jahrhunderts verfügte. Die Erfahrungen, und vor allem die Wissbegierde, welche seit meinem abenteuerlichen Besuch in Spanien im Jahre 1989 irgendwo in meinem Unterbewusstsein geschlummert hatten, erwachten unverzüglich zu neuem Leben, und drängten mich dazu, dieser vagen Spur nachzugehen, ob ich wohl noch weitere Lücken dieser bizarren Vorgänge, die sich vor nunmehr über einem Jahrhundert zugetragen hatten, endlich schliessen könnte: Hatte die *Wagneriana* den heiligen Gral tatsächlich aus dem Kloster Montserrat entwendet? War eine wahrhaftige Teufelsbeschwörung auf Film gebannt worden, welche das frühe zwanzigste Jahrhundert in Chaos und Verderben stürzte? Und wie und wann wurde dieses Übel wieder von dieser Welt verbannt?

Noch am selben Tag schrieb ich eine E-Mail an die *Filmoteca Valenciana*, dem Filmarchiv von Valencia, welche ich zu Händen von Frau Meritxell Sánchez Lladó adressierte, deren Namen ich aus dem Artikel gefischt hatte, und welche mit dem Erhalt und der Katalogisierung dieser Funde beauftragt war. Ich erwähnte die Filme, die ich dreissig Jahre zuvor hatte sichten können, und mein Interesse, die Aufzeichnungen der Gebrüder Baños zu begutachten, vermeintlich für eine journalistische Recherche. Ich machte mir hierbei keine grossen Hoffnungen auf eine positive Rückmeldung, oder gar überhaupt eine Rückmeldung, da ich mit den Gepflogenheiten spanischer Formalität schon seit langen Jahren vertraut war, doch überraschenderweise erhielt ich schon nach wenigen Stunden eine Antwort:

Guten Tag,

Vielen Dank für ihre Nachricht. Ihre Schilderungen, gemäss welchen sie diese Filme in den achtziger Jahren sichten konnten, sind für uns sehr interessant, da wir bisher keine Kenntnisse davon hatten, dass Kopien dieser Filme im Raum von Barcelona erhalten sein könnten. Wir würden sie gerne bitten, *uns was sie über den Erhalt dieser Kopien wissen könnten, mitzuteilen, und wären auch gerne bereit, ihnen Zugang zu den entdeckten Aufzeichnungen der Gebrüder Baños zu geben.*

Im Anhang finden sie eine Telefonnummer, unter der ich sie bitten würde mit uns Kontakt aufzunehmen, um einen angebrachten Termin festzulegen.

Hochachtungsvoll

M. Sánchez Lladó

Ich rief ohne zu zögern die beigefügte Telefonnummer an, um den Besuch festzulegen und buchte anschliessend den baldigst verfügbaren Billigflieger nach Valencia.

Am gleichen Tag meiner Ankunft, welche früh am Morgen war, machte ich mich gleich auf zum Archiv der *Filmoteca Valenciana,* wofür es notwendig war, zwei Buslinien zu verwenden, um das nüchterne Industriegebiet der Vorstadt von Valencia zu erreichen. Eine Taxifahrt war mir, infolge meines knappen Gehaltes und nachdem ich meinen Geldbeutel bereits für diese, aus vernünftiger Sicht betrachtet unsinnige Reise gestreckt hatte, keineswegs erschwinglich.

Das Gebäude des Filmarchivs stach nicht besonders von den restlichen sterilen Bürogebäuden des *Carrer Leonardo da Vinci* heraus, einige waren Klötze aus Beton, andere aus Glas, und wieder andere aus Beton und Glas. Ich trat ein und fand vor mir einen ebenso wenig inspirierten Empfang mit einem einfachen Tresen. Ich meldete mich an, und wenige Minuten später kam eine junge Dame zu mir, die sich als Meritxell Sánchez Lladó vorstellte. Sie führte mich in ein kleines Sitzungszimmer, und bot mir einen Kaffee aus einem Automaten an, den ich verwarf, um mir stattdessen eine Flasche Wasser geben zu lassen, was mir an diesem bereits sehr sonnigen und warmen Märztag besser bekam.

Frau Sánchez Lladó erklärte mir ein wenig über diese Filme, welche aufgrund begrenzter Information und morbiden Inhaltes ein interessantes Forschungsobjekt der Filmgeschichte Spaniens ausmachte. Sie fragte mich anschliessend über meine Kenntnisse aus, war allerdings sichtlich enttäuscht, dass ich ihr lediglich meine Anekdote einer Sichtung in Tarragona vor dreissig Jahren nahelegen konnte, ohne kaum weiterführende Informationen, ausser Namen und Adresse des verstorbenen Sammlers, der diese Filme besessen hatte, sowie seines Neffen, der sie mir gezeigt hatte. Auch sagte ich, dass bei meinem zweiten Besuch das Haus bereits ausgeräumt worden war, und ich somit jeglichen Kontakt verlor. Widerwillig, da mein Wissen eigentlich keinen wirklichen Nutzen gehabt hatte, liess man mich anschliessend die Aufzeichnungen ansehen, welche mit diesen Filmen in Valencia gefunden worden waren. Es handelte sich einerseits um Berichte über Filmproduktionen, welche allerdings alle identifiziert und katalogisiert waren. Zudem gab es ein Notizbuch, welches womöglich von Interesse sein konnte. Mit Latexhandschuhen und Mundschutz ausgerüstet betrat ich einen Raum mit schützender Atmosphäre, in welchem diese Dokumente gelagert waren. Mit äusserster Vorsicht, immer unter dem wachenden Blick von Frau Lladó begann ich im Notizblock zu blättern, welches Ricardo de Baños gehört hatte, mit Aussicht auf ein Datum um 1914. Ich blätterte es mit der grössten Sorgfalt durch, die mir mein Wissensdurst erlaubte, und wurde bald fündig.

Freitag, 9. Januar 1914

Wir haben von einem Verein von Musikfreunden die Anfrage bekommen, einen kurzen Dokumentarfilm für sie zu drehen. Ich wollte erst nicht, da solche privaten Aufträge uns keinen Raum für kommerzielle Produktionen lassen, aber Ramón meinte das Geld käme uns zu Nutze. Diese Leute scheinen aus gutem Hause zu kommen, denn sie haben einen grosszügigen Preis gemacht. Wir sollen sie in einer Woche für den Dreh treffen. Sie haben keine weiteren Einzelheiten über dieses Projekt geben wollen, wir sollen einfach eine Kamera und genügend Filmmaterial bereitstellen. Ich entschied selber die Kamera zu bedienen, es lohnt sich für so etwas nicht, noch einen Kameramann anzuheuern.

Samstag, 17. Januar 1914

Wo hat mich mein Bruder da schon wieder hineingeritten. Welch ein Fiasko. Ich traf die Herrschaften in der Calle del Hospital, 140, und wir fuhren mit einem Automobil bis zum Montserrat, zwei Stunden Fahrt bei eisigem Wetter und schlechten Strassen. Dann mussten wir uns noch ein ganzes Stück den Berg hinauf quälen, und ich dabei noch die Filmkamera schleppen. Ich verstand nicht genau, was hier eigentlich gefilmt werden sollte. Erst doku-

mentierte ich die Ankunft dieser Herrschaften beim Kloster von Montserrat, dann, wieder ein Stück den Berg hinunter, gingen sie in eine Höhle und liessen mich eine seltsame Zeremonie filmen, in welcher mit geisterhaften Lichtern hantiert wurde und aus einem Phonographen Musik erklang. Ich weiss nicht, ob es die feuchte Atmosphäre dieser Höhle war, oder diese Zeremonie, doch mich überkam in dem Moment eine Kälte, die mir durch Mark und Bein ging. Mir sind diese Leute nicht geheuer, ich denke sie führen etwas im Schilde. Ich fand schon diese vulgären Filme, die der Conde de Romanones uns beauftragte, eine schlechte Idee, doch das kam wenigstens von der Regierung selber, als dass man uns nachher deswegen verfolgen sollte.

Die Mönche von Montserrat waren ganz offensichtlich auch nicht begeistert, denn seit wir aus der Höhle kamen verfolgte uns ein Mönch, der durchgehend flehte, wir sollten aufhören, als wären wir eine Gruppe von Anarchisten, die gekommen seien, ihr Kloster zu zerschmettern. Der Mönch hat sich an mich gewendet, er stellte sich vor als Arcadi Roses i Espasa, und bat mich, mit dem Filmen aufzuhören. Ich hätte nicht gedacht, dass diese Menschen dort noch so rückständig wären, sich vor etwas so Banalem wie einer Filmkamera zu fürchten. Ich wies ihn ab, denn ich bin an solche abergläubischen Hinterwäldler gewöhnt, aber wohl war mir bei dieser Sache trotzdem nicht, diese Leute machen einen unguten Eindruck auf mich. Wir sind spät abends in Barcelona zurückgekehrt, und ich habe einen fürchterlichen Schnupfen von dieser Reise mitgetragen. Die anderen hingegen waren ekstatisch von diesem ganzen Unsinn. Ich will mit solchen Leuten nichts zu tun haben.

Dienstag, 27. Januar 1914

Als ich den Leuten von diesem Verein ihre Filmbilder übergeben wollte (von denen ich den Teil in der Höhle für wenig brauchbar halte, doch ich hatte ihnen schon dort gesagt, dass das Licht nicht reichen würde), haben sich mich mit der Anfrage überrascht, die Kamera und weiteres Filmmaterial kaufen zu wollen. Ich habe mich erst strikt geweigert, aber sie haben ein immer höheres Angebot gemacht, bis über dem Doppelten, was diese Kamera eigentlich wert gewesen wäre. Ich konnte dieses Angebot nicht abschlagen, da es mir eine Reise nach Frankreich erlauben wird, um gleich zwei neue Geräte zu beschaffen. Eigentlich ist es mir auch lieber, wenn ich mit diesen Menschen nicht mehr verkehren muss. Sie erscheinen zwar wie anständige Bürgerliche, aber irgendwas an ihnen macht mir einen unlauteren Eindruck. Ich glaube sie hegen sehr *schlechte Absichten. Sie faselten etwas von einer Reise nach Madrid, und dass sie von nun an lieber selbst das Filmen übernehmen wollten. Mir soll es recht sein. Ich habe ihnen die Handhabung der Kamera erklärt, und auch gesagt, wo sie in Madrid ein Filmlabor finden könnten. Unsere eigenen Gerätschaften wollte ich gar nicht mehr anbieten, zum Glück haben sie auch nicht darum gefragt.*

Die darauffolgenden Einträge hatten keinen Bezug mehr zu diesem Vorfall.

Der Text war mir einerseits ein weiteres, wertvolles Teil dieses bizarren Mosaiks, worin ich nun endlich Einzelheiten über den Besuch dieser Leute auf dem Montserrat erfahren konnte, doch zugleich war die Information so spärlich, dass es, wie ein Aperitif, gerade nur reichte, um meinen Appetit nach mehr anzuregen. Die unendliche Neugier über die grauenvollen Bilder, denen ich vor nunmehr drei Jahrzehnten beigewohnt hatte, war erneut entfacht, wie ein loderndes Feuer, das von einem kleinen Funken ausgelöst werden kann.

Die hier erwähnte Zeremonie in der Höhle, so nahm ich an, konnte sehr wahrscheinlich etwas mit diesen Theorien um den heiligen Gral zu tun haben. Doch wenn sie tatsächlich ein solches Artefakt geborgen hätten, wäre dies ohne Zweifel erwähnt worden. Stattdessen stand da etwas von geisterhaften Lichtern. Dies deckte sich wiederum mit meiner Erinnerung an die Filmaufnahmen, und der dunklen Sequenz in welcher eine Reihe von dem, was nach kleinen Lichtern aussah, zu erkennen war, obgleich dieser Teil, wie auch in Ricardo Baños' zeitgenössischen Aufzeichnungen erwähnt, nicht sehr gut auf dem Film erkennbar war. Auch dass hierbei der Phonograph verwendet wurde, sicherlich mit den Aufnahmen, die gemäss dem Greis bei der Aufführung der Parsifal gemacht worden wären, schien in dieses Bild zu passen. Wie genau sich die Teile aber nun ineinanderfügten, um einen endgültigen Sinn zu ergeben, das blieb mir ein Rätsel, dem ich, koste es was es wolle, nachgehen wollte.

Eine einzige Angabe konnte ich erkennen, welche mir weiterführend sein sollte, und an diese wollte ich mich mit aller Kraft festhalten: Der Name des Mönchs Arcadi Roses i Espasa. Eine kurze Internetsuche auf meinem Smartphone ergab, dass dieser Mönch als Chronist von Montserrat im zwanzigsten Jahrhundert tätig gewesen war, doch ansonsten waren keine weiteren Informationen zu finden. Die Spur führte mich also erneut nach Montserrat, und ich hoffte in den Chroniken von Arcadi Roses i Espasa mehr zu erfahren, wenn ich denn diese überhaupt auffinden könnte.

5

Die Vorstellung, wie bei meinem Besuch vor dreissig Jahren dieser weitläufigen Anlage um das Kloster Montserrat, kurzerhand einen Mönch aufzusuchen, um diesen oder gar den Abt dann auszufragen, war dieser Tage ganz und gar lachhaft. Montserrat glich in diesen Zeiten mehr einem Vergnügungspark als einem besonnenen Refugium für Pilger und Gläubige. Die Mönche liessen sich sowieso nicht blicken, und alle Türen zu den Gewölben des Klosters waren geschlossen und verriegelt. Im vorangehenden Wissen über diese Zustände, wäre es töricht gewesen zu versuchen, als unbedeutender Wissensdurstiger eine Audienz in der Abtei zu bekommen. Stattdessen würde ich mein Glück in der Bibliothek des Klosters von Montserrat versuchen, da es sich bei meiner weiterführenden Spur schliesslich um einen Chronisten handelte, und ich gute Chancen witterte, dort Zugang zu seinen Niederschriften haben zu können. Selbst der Besuch der Klosterbibliothek erforderte eine vorherige Anmeldung, doch war diese über ein Telefonat und meiner Räuberpistole, ich wäre Historiker an einer schweizerischen Universität, ohne weitere Probleme getätigt. In Spanien, dem Land der Schelme, wurde einem Ausländer aus der Schweiz noch eher blinde Glaubwürdigkeit erteilt.

Die Stunden, die ich im Zug von Valencia nach Barcelona, wo ich das billigst mögliche Hotel in einem spröden Vorort gebucht hatte, verbrachte, musste ich immerzu mit den Zweifeln kämpfen, welche mein rationales Denken mir entgegenhielt. So fragte ich mich selber, warum ich meine wenigen Ersparnisse aufbrauchte, um dieser im Grunde sinnlosen Geschichte nachzugehen, welche mir weder einen praktischen Nutzen noch eine bedeutende Erkenntnis bringen sollte. Zugleich konnte ich mich selber nicht dazu bringen, diese Suche, so lange wie ich noch einen Anhaltspunkt hatte, der mich weiterführen konnte, aufzugeben, wohl in der scheinbar absurden Hoffnung, dass die Erkenntnis, die hieraus resultieren sollte, mir einen Blick hinter den Vorgang der grundlegendsten Metaphysik unserer Realität erlauben würde, und somit auch einen Schritt in dieses absolute Wissen zu wagen; ein Drang welcher uns Menschen, seit wir denken können, getrieben hat. Auch wenn dieses Wissen womöglich mit mir leben und sterben würde, da kaum ein Mensch solche Tatsachen wohl jemals glauben würde, ohne sie selber erlebt zu haben. Die Vermutung, dass diese ganze Affäre, welche mit der Projektion eines bizarren Films vor vielen Jahren begonnen hatte, sich ein für alle Mal als Humbug und Hirngespinst herausstellen könnte, verflüchtigte sich derweil mit jeder neuen Spur, die mir in die Hände fiel, was mich umso mehr in diese seltsame Recherche hineinsteigerte.

Ich machte mich früh am nächsten Tag auf den Weg zum Montserrat, eine Reise von ungefähr einer Stunde in einer von Touristen überfüllten Vorortbahn, und einer Zahnradbahn, welche irgendwann in der Zeit seit meinem letzten Besuch vor dreissig Jahren erbaut worden war, und welche ebenfalls vor lauter Touristen aus allen Nähten platzte. Es war um diese Zeit, dass ich immer wieder das Gefühl bekam, beobachtet zu werden, als würde mich jemand verfolgen. Ich zog inzwischen ernsthaft in Betracht, dass gewisse Mächte nicht wollten, dass ich die Erkenntnisse erlangte, denen ich auf der Spur war. Doch ich tat dieses Gefühl als blosse Einbildung ab, verursacht vom Unbehagen dieser Menschenmassen, die mich umgaben.

Oben angekommen kämpfte ich mich durch die Horden von Besuchern und begab mich in Richtung der Basilika, dem Herzen dieser kleinen Stadt die hoch oben auf dem Berg um das Kloster entstanden war. Beim Eingang suchte ich die diskrete Tür auf der linken Seite des Vorplatzes auf, welche sich vor den vielen Urlaubern zu verstecken schien. Ein Wachmann war sogleich daran mich mit spürbarer Aggressivität abzuweisen, bis ich darauf bestehen konnte, einen Termin für den Besuch der Bibliothek zu haben. Es schmerzte mir wahrlich, wie dieser Ort, einst eine erhabene Pilgerstätte, jegliche Atmosphäre von Heiligkeit und Erleuchtung verloren hatte, und zu wenig mehr als einer Karikatur seiner selbst verkommen war, einer billigen und überteuerten Touristenattrappe, wie inzwischen scheinbar alles in und um Barcelona, was wohl auch der Verdienst der touristischen Vermarktung durch Leute wie mich gewesen war. Diese Stadt und ihre ganze Umgebung waren nunmehr ein Pilgerort, nicht für gläubige Christen, sondern für geschmacklose Touristen. Konnte es sein, dass die Entweihung einer einst heiligen Stätte einen Anziehungspol für solchen geistigen Abschaum gebaren hatte?

Die Bibliothekarin, eine Dame mittleren Alters, grüsste mich mit der Unfreundlichkeit, die ich bereits gewohnt war, und fragte mich in bellendem Ton, was ich denn suche. Ich sagte, ich suche Chroniken von Arcadi Roses i Espasa für das Jahr 1914. Ohne weitere Worte zu wechseln, tippte die Dame dies in ihren PC ein. Eine Weile später sagte sie, sie habe Chroniken unter diesem Namen gefunden, die aber keineswegs so weit zurück gehen. Sie begannen in den vierziger Jahren. Ich bat darum, die ältesten Aufzeichnungen zu lesen, und musste mich erst einmal darum streiten, warum ich denn jetzt die Aufzeichnungen aus den vierziger Jahren wollte, wenn ich doch nach 1914 gefragt hatte. Ich hielt mich hartnäckig, denn ich war nicht gewillt, den Weg bis hierher umsonst auf mich genommen zu haben, und ich räsonierte, dass ja auch später noch Aufzeichnungen der damaligen Zeit gemacht worden sein könnten. Da diese Chroniken nicht digitalisiert waren, musste die Bibliothekarin mich widerwillig ins Archiv bringen, damit ich die Aufzeichnungen lesen könne.

Ich wurde in einen Keller geführt, welcher voll von Bücherregalen war. Kleine Schilder an den Regalen markierten die unterschiedlichen Arten von Texten, die Bibliothekarin lief zielgerichtet bis zu einem Regal, welches mit „Chroniken" gekennzeichnet war. Die Bücher, zumeist alte Einbände, waren mit einer Kodierung versehen. Sie holte Einband C-00943 heraus, und legte es auf einen kleinen Tisch am Ende des Ganges, welcher entlang der vielen Regale führte. Auf dem Tisch gab es eine kleine Lampe, sonst nichts.

„Das hier sind die gesammelten Chroniken von Arcadi Roses i Espasa", sagte die Bibliothekarin.

„Alle?", fragte ich.

„Ja, es sind nicht viele Aufzeichnungen, von 1946 bis 1953. Sie dürfen sich Notizen machen, aber keine Bilder, und gehen sie vorsichtig um. Berühren nur mit Handschuhen."

Sie hielt mir eine Kartonschachtel mit Latexhandschuhen hin, solche wie ich sie bereits im Filmarchiv in Valencia hatte tragen müssen, und ich bediente mich folgsam.

„Bitte geben sie mir ihr Telefon, bis sie hier fertig sind. Sie können es dann bei mir abholen."

Ich tat wie mir befohlen und gab mein Telefon ab. Dann wurde ich allein gelassen. Vorsichtig, ehrfürchtig öffnete ich den alten Einband und schaute mir die Aufzeichnungen an.

Mai 1946

Abt Marcet i Poal ist tot. Möge er in Frieden ruhen. Abt Escarré hat mir schliesslich erlaubt, die unglücklichen Ereignisse, die sich vor nunmehr über 30 Jahren hergetragen haben, zu notieren. Ich kann Abt Marcet i Poals Vorbehalte nachvollziehen, dass er unsere tiefsten Geheimnisse nicht der Nachwelt darlegen wollte. Aber zugleich fühle ich mich dazu verpflichtet, das Geschehene niederzuschreiben, auf dass es nicht in Vergessenheit gerate.

Alles begann sehr überraschend im Januar 1914, als eine Gruppe seltsamer Leute beim Kloster erschienen. Sie kamen mit einem Automobil, und hatten einen Phonographen wie auch eine Filmkamera mit sich. Wir dachten erst, es sei ein unerwarteter hoher Besuch, und mir wurde kurzerhand aufgetragen, diese Leute zu empfangen. Doch ich erkannte sogleich, dass es nicht nur keine gewöhnlichen Besucher waren, sondern dass diese Leute wahrhaftig teuflische Absichten hegten.

Sie schenkten mir wenig Beachtung, und machten sich auf in Richtung unseres geheimsten Heiligtums, der heiligen Grotte. Es ist uns allen bis heute ein Mysterium, wie diese Menschen von der heiligen Grotte wissen konnten, denn zumal das Wissen, dass Montserrat der Sitz dessen sei, was im Volksmund als 'heiliger Gral' fabuliert wird, weit verbreitet ist, so wussten diese Leute ganz genau wo die heilige Grotte zu finden war, und auch was darin zu finden war. Ich versuchte alles, um diese Menschen von ihren Absichten abzuhalten, von Flehen bis Drohen, doch es war mir unmöglich.

Sie betraten die heilige Grotte und spielten eine Musik auf dem Phonographen; und wahrlich, ich traute meinen Augen kaum, sie konnten die Cratera erwecken, denn der heilige Gral, wie man ihn im Volksmund kennt, ist ja nichts weiter als ein Märchen, wo das Wort „Gral", wie auch das Bildnis des Kelches doch eine Abwandlung von der „Cratera" ist, der Brunnen, welcher uns Leben und Erleuchtung spendet, und wovon einige an den seligen Orten zu finden sind, wo die Lebenskraft dieser Welt hervortritt. Doch ebenso konnte diese Macht für das Teuflische pervertiert werden, und es ist diese Untat, welcher diese Gruppe nachging, welche die Cratera des Montserrats schändete, um deren noblen Quell an sich zu reissen. Noch im Spott riefen sie mir zu, sie würden nun zum gefallenen Engel hingehen, um den Luzifer selber zu beschwören. Und wahrhaftig, ein grosses Unheil kam über die Welt, welches mit dem ersten Weltkrieg begann, und sich über die folgenden Jahre von Krieg und Misere über unsere Welt legte, bis es nun endlich gebannt werden konnte.

Februar 1947
Wir haben uns mit all unserem Wissen und Können mit der Cratera auseinandergesetzt, doch es scheint, diese ist für immer verloren gegangen. Was wir auch versucht haben, wir konnten sie nicht wiederherstellen. Wir nehmen an, dass indem sie entweiht wurde, man alle Energie, die daraus entsprang, gestohlen hat. Unser heiliger Ort ist kein solcher mehr. In der heiligen Grotte bleibt übrig eine Narbe unserer Welt, und wir können uns allenfalls glücklich schätzen, dass die Wunde verschlossen werden konnte.

Auf diese ersten Einträge folgten andere, die über sonstige Belange der Abtei schrieben, bis ich zu einem der Letzten kam.

Oktober 1953
Vater Colmenarejo ist gestorben. Möge er in Frieden ruhen. Wir haben nur durch einen Brief aus La Seu d'Urgell, wo er die letzten Jahre als Eremit in den Bergen verbracht hatte, von seinem Ableben erfahren. Jeder wusste, welche Belastung seit damals auf ihm wog, und es ist erstaunlich, dass er überhaupt noch so lange unter uns geweilt hatte. Ohne Vater Colmenarejo hätten wir das Unheil, welches seit 1914 über unserer Welt lag, nicht verbannen können, und er verdient unsere ewige Dankbarkeit dafür. Es schmerzt mir, dass der Name dieses Mannes, welcher unsere Welt zu bewahren half, fast gänzlich in Vergessenheit geraten soll, deshalb möchte ich ihn wenigstens in dieser Chronik erwähnt haben.

Viele, zu viele Akteure des Teufels walten unter uns, verstecken sich vor aller Augen, und suchen nur nach der Gelegenheit, unsere Welt erneut in solch höllisches Unheil zu stürzen. Möge der Herr uns gnädig sein, dass dies nie wieder geschehen soll.

Das Lesen dieser Chronik war wie ein grosser Schluck von Erkenntnis nach einer langen Dürre der Wissbegierde. Niemals hätte ich gedacht, dass das, was ich soeben gelesen hatte, mehr sei als eine blosse Phantasie, ein Hirngespinst, wenn ich zuvor nicht alles andere um diese Affäre erfahren hätte, ja gar erst die Bilder gesehen hätte, auf welchen sich zugetragen hatte, was mir nun die Chronik des Mönchs erläuterte.

Das Gesamtbild dessen, was sich in dieser damaligen Zeit zugetragen hatte, wovon ich der grausamen Aufzeichnung beigewohnt hatte, wurde langsam vollständig, doch ich wollte mich unter keinen Umständen zufriedengeben, ohne auch das letzte Kapitel erfahren zu haben, nämlich wie mit Hilfe von Vater Colmenarejo dieses Unheil wieder verbannt werden konnte. Und erneut, wie eine Spur von Brotkrumen, fand ich auch hier den weiterführenden Hinweis auf La Seu d'Urgell, einem Städtchen in den Pyrenäen, bekannt für seinen Bischofssitz. Ich begab mich wieder zurück in die Stadt, um Vorbereitungen zu treffen für meine Weiterreise zu treffen, immerzu mit diesem seltsamen Gefühl in mir, beobachtet zu werden.

6

Am nächsten Morgen sass ich bereits im Fernbus nach La Seu d'Urgell, ohne nebst dem Billet für die Busfahrt letztlich eine grössere Planung für die Reise getroffen zu haben, getrieben nur von der Gewissheit, mich auf der Zielgeraden dieser Nachforschungen zu befinden, und dieses Mosaik des Grauenvollen schliesslich vollenden zu können. Ich wollte mich hierbei in der trügerischen Gewissheit meinen, dass die Vervollständigung meines Wissens über diese Ereignisse mich schliesslich in meiner Neugier zufriedenstellen würden, wobei ich erst später erkennen sollte, dass ich ausblendete, wie solche morbide Neugier niemals völlig gesättigt werden kann, und stattdessen nur in einem Sog der Verdammnis enden kann.

Während der etwa zweieinhalb Stunden langen Fahrt blätterte ich in einer Zeitung, die jemand dort hatte liegen lassen, und bemerkte eine kuriose Kurzmeldung. Ein Einbruch hatte sich im Kloster von *El Escorial*, in der Nähe von Madrid zugetragen. Die Polizei meinte, es wären wohl Vandalen gewesen, da nichts gestohlen worden war, und die Anwohner des Dorfes von viel Lärm und lautstarker Musik berichtet hatten. Es schien mir zur Zeit, als ich diesen Artikel las, nur ein kurioser Zufall, dessen tieferliegende Bedeutung ich erst einige Zeit später begreifen würde.

Der kleine Busbahnhof von La Seu d'Urgell war, im Vergleich zu den sonst eher schäbigen Busbahnhöfen in Spanien, nicht unschön in einem Hinterhof eines Häuserblocks angelegt. Von dort aus machte ich mich sogleich auf in Richtung des Sitzes der Diözese welche, so hatte ich während der Fahrt in Erfahrung bringen können, sich in einem diskreten Gebäude hinter der monumentalen Kathedrale befand. Schnellen Schrittes durchkreuzte ich die Altstadt, um allerdings bald wieder mit der Realität konfrontiert zu werden, dass man mir auch hier kei-

nen Einlass und keine Auskunft geben wollte. Ein Wächter an der Tür
wies mich darauf hin, dass ich mich schriftlich in Verbindung zu setzen habe, was ich, bei einer dermassen ungewöhnlichen Anfrage, zusammen mit dem üblichen Widerwillen hierzulande, unbedeutenden
Leuten Informationen bereitzustellen, für ganz und gar zwecklos befand.

Ich versuchte anschliessend mein Glück in der Kathedrale selbst, in
der Hoffnung, einen Priester zu finden, der vielleicht ein offenes Ohr
für mein Anliegen haben könnte. Doch überraschenderweise fand ich
die Tür abgeschlossen vor, so als ob sich die Kirche selbst weigern
wollte, mir in meiner Suche zu helfen. Es war nahe dem Seminar, einem monumentalen Bau aus dem neunzehnten Jahrhundert, welcher
sich gerade ausserhalb der Altstadt befand, dass ich auf einen Theolo-
giestunden stiess, den ich einspannen konnte, sich mit mir zu unterhal-
ten, nachdem er an meinem Akzent erkannte, dass Deutsch meine
Muttersprache war. Es stellte sich heraus, dass er die deutsche Schule
in Barcelona besucht hatte, und es machte ihm folglich Freude, nach
langer Zeit wieder seine Kenntnisse der deutschen Sprache zu üben.
Ohne ihn mit den jüngsten Einzelheiten meiner Recherche, welchen
wohl kaum jemand, der noch bei Sinnen wäre, ohne weiteres Glauben
geschenkt hätte, schockieren zu wollen, fragte ich nach Vater Colmenarejo, welcher, gemäss Chroniken aus dem Kloster Montserrat, 1951 hier
gestorben wäre. Der junge Seminarist wurde kurz nachdenklich, konnte aber schliesslich mit dem Namen nichts anfangen. Meine begehrli-
che Ausstrahlung schien ihn aber dazu zu bewegen, mir trotzdem Hilfe
anzubieten. Er meinte jemanden zu kennen, der mir vielleicht helfen
konnte.

Er führte mich erneut in die Altstadt, vorbei an der mächtigen Kathedrale, durch mehrere der engen Strassen, um schliesslich in ein kleines Seitengässchen abzubiegen. Dort öffnete er die Tür eines uralten
Hauses, dessen mit Steinen versehene Fassade im altertümlich katalanischen Stil von den anderen Häusern herausstach. Er führte mich die
Treppe hinauf, bis zum dritten und letzten Obergeschoss. Das enge
Treppenhaus schien nicht ganz so alt, wie die Fassade andeutete, aber
ohne, dass man es deshalb in irgendeiner Weise als modern hätte be-

schreiben können. Die steinernen Stufen der schmalen Treppe waren von den vielen Schritten verformt, und ich musste aufpassen, beim wenigen Licht einiger Glühbirnen, die nackt an den Kabeln vom Dach hingen, nicht über die unregelmässigen Stufen zu stolpern.

Oben angekommen, klopfte mein Begleiter an eine Haustür, und wartete. Nach einer Weile klopfte er erneut, diesmal lauter. Kaum hörbar kam nun ein Ruf von innen, wir traten ein. Die winzige Dachwohnung, die ich betrat, schien wie aus einem Museum, alle Möbel waren völlig veraltet, anachronistisch sogar, die meisten auch in eher schlechtem Zustand. An der spärlichen Dekoration vielen mir sogleich die unterschiedlichen Marienbildnisse auf. Der Seminarist führte mich am kleinen Wohnzimmer vorbei in einen Gang, und öffnete die Tür zum Schlafzimmer. Dieses war entsprechend dem, was zu erwarten war eingerichtet. Im Bett lag, auf einigen Kissen aufgerichtet, ein alter Mann. Er musste sicher über achtzig Jahre alt gewesen sein, kein Haar war mehr auf seinem mit Flecken übersehenen Kopf, und eine Adlernase ragte aus seinem Faltigen Gesicht hervor.

„Komm rein, Paco, komm rein", sagte er.

„Vater Marsans, wie geht es ihnen?", fragte der Seminarist.

„Schlecht, wie immer, aber das wusstest du schon", sagte Vater Marsans in einem provinzialen Katalanisch, welches ich Mühe hatte zu verstehen, „der Herr wird schon wissen, wann er mich endlich von dieser Welt holen möchte. Was führt dich hierher?"

„Ich bin mit diesem Herrn ins Gespräch gekommen, er ist aus der Schweiz, wissen sie, und er hat mich etwas gefragt, was sie vielleicht beantworten könnten. Bitte", sagte der Seminarist und gab mir ein Handzeichen, dass ich fragen solle.

„Guten Tag, Vater Marsans", sprach ich, „ich wollte mich erkundigen um Vater Colmenarejo, der 1951 hier gestorben ist."

Der alte Mann machte grosse Augen als ich den Namen erwähnte.

„Habe ich sie richtig verstanden", sagte er, „Vater Colmenarejo?"

Ich nickte langsam. Vater Marsans drehte seinen Blick wieder nach vorn und wurde nachdenklich.

„Das ist ein Name, den ich nun wirklich nicht gedacht hätte, noch einmal zu hören", begann er, „ich war ein junger Seminarist als er starb, etwa so alt wie du jetzt." Er deutete hierbei auf den jungen Seminaristen, der mich hierhergeführt hatte.

„Hat denn Vater Colmenarejo vielleicht eine Niederschrift hinterlassen?", fragte ich.

„Das bezweifle ich. Die Geschichte von Vater Colmenarejo ist eine seltsame. Er war in die Gegend gekommen, kurz bevor ich mein Seminarstudium begann, aber er war nie wirklich Teil unserer Gemeinschaft. Er lebte als Eremit irgendwo in den Bergen in einer Höhle, und nur manchmal sahen wir ihn in die Nähe des Dorfes kommen. Unsere Älteren ermahnten uns aber, dass wir immer den grössten Respekt zeigen sollten, obwohl er schmutzig und abgerissen herumlief, und Abstruses redete. Ich fragte einmal, ob wir ihm vielleicht nicht Kleidung und Nahrung bringen sollten, aber man schüttelte nur den Kopf, und sagte uns, wir sollen ihn seinem Schicksal überlassen. Wenig später ist er dann gestorben."

„Woher wussten sie, dass er gestorben war, wenn er als Eremit in den Bergen lebte?", fragte ich.

„Er kam kurz vor seinem Tod noch zu uns ins Dorf. Es war an einem regnerischen Abend, kaum jemand bemerkte ihn. Ein Priester meinte, er sei einer der *Maquis*, Widerstandskämpfer gegen die Diktatur, die sich in den Bergen versteckten, und ging zu ihm hin. Vater Colmenarejo soll immer wieder von einem Unheil gesprochen haben, 'der Schrecken, der Schrecken' habe er gerufen, bevor er dann zusammenbrach und starb, noch bevor ein Arzt gerufen werden konnte."

„Wissen sie, wo Vater Colmenarejo seinerzeit gelebt hatte? Also, wo seine Höhle war?"

„Es war uns verboten ihm zu folgen, aber ich will meinen, dass jemand mal erwähnt hatte, er lebe irgendwo beim *Torrent de la Morera*, einem Bach etwas östlich von hier. Er war auch aus Richtung Osten gekommen, am Tag, als er starb. Mehr kann ich ihnen nicht sagen."

„Ich danke ihnen vielmals, Vater Marsans", sagte ich, „und auch ihnen, junger Mann."

Ich stand auf, bedankte und verabschiedete mich in aller Eile und, noch bevor einer der Beiden etwas sagen konnte, lief ich aus dem Haus. Ich war meinem Ziel greifbar nah und konnte mich nicht durch

Floskeln aufhalten lassen. Ich weigerte mich zu glauben, dass Vater Colmenarejo kein Vermächtnis hinterlassen hätte, wie es auch der Mönch Arcadi Roses i Espasa getan hatte, gedrängt durch den unbezwingbaren Trieb, seine transzendentalen Erfahrungen festzuhalten, und ich meinte, dass er dieses wohl dort gelassen hätte, wo er auch seine letzten Jahre verbracht hatte. Es gab nicht sehr viele Wege in den Bergen, wenn Vater Colmenarejo im Osten in einer Höhle gehaust hatte, so konnte es nicht allzu schwer sein, diese zu finden, wenn ich den Pfaden folgte. Ich konnte mich zu diesem Zeitpunkt einfach nicht auf die Worte des alten Mannes verlassen, sondern jeder noch so kleinen Spur bis aufs Letzte nachgehen. Ich musste wissen was passiert war. Die Wissbegierde war nicht mehr zu halten. Die Welt, die mich umgab, verkam mehr und mehr zu einem bedeutungslosen Bühnenbild, welches ich auf der Suche nach der wahren Realität zu überwinden hatte. Selbst die dunklen Wolken, die in der Ferne aufzuziehen begannen, nahm ich in meinem Eifer nicht wahr.

Das Äussere des kleinen Bergdorfes war schon nach einem kurzen Fussweg erreicht. Einige Häuser säumten noch die Strasse, die erst gen Osten führte, um sich dann in die Berge im Norden hinauf zu schlängeln. Bei der ersten Kurve war der bewaldete Hang dahinter praktisch undurchdringbar, und so schloss ich aus, dass mein Weg dort entlangführen sollte. Mit beträchtlicher Anstrengung lief ich die nun stark steigende Strasse weiter, bis zur nächsten Spitzkehre und dann weiter. Bei der folgenden Biegung schien aufs Erste auch kein Weg weiterzuführen, doch gerade bevor ich die Strasse weitergehen wollte, bemerkte ich, dass das Gebüsch hinter der Leitplanke einen sehr ebenen Boden verbarg. Sicherlich war es denkbar, dass die Leitplanke viel später eingebaut worden wäre, und auch das Gebüsch durch die Nichtanwendung des Weges hatte spriessen können.

Ich sprang mit einiger Mühe hinter die Leitplanke und über das Gebüsch, und tatsächlich, vor mir tat sich ein von Gebüsch und Unkraut überwucherter Weg auf, welcher fast völlig eben am Hang entlangführte. Mit grösstmöglicher Vorsicht und Aufmerksamkeit lief ich diesen Weg entlang, immer Ausschau haltend nach einem Zugang zu einer Höhle oder einem Erdloch, welches den Eremiten hätte beheimaten können. Mehrmals traf ich auf grössere Felsbildungen, unter welchen ich diesen Eingang vermutete, erhoffte, doch jedes Mal wurde ich enttäuscht, dass sich auch hinter dem Unterholz nichts dergleichen verbarg. Derweil erkannte ich an einigen Bäumen uralte Einritzungen in der Rinde, völlig überwachsen von vielen Jahren, die seither vergangen waren, ähnlich wie die Initialen, die von Liebenden zumal in Baumrinden eingekratzt werden, noch jahrzehntelang erkennbar bleiben, nur dass diese das Symbol des Kreuzes darstellten. Bei den ersten dachte ich, es sei eine zufällige Bildung in der Borke, doch das wiederholte Auftreten machte schliesslich offensichtlich, dass sie menschengemacht sein mussten. Mein Bauchgefühl sagte mir, dass ich ohne jeglichen Zweifel auf dem richtigen Weg war.

Nach einer Weile kam ich zu einer Biegung im Weg, hinter welcher dieser abrupt endete, vom Bach, den der alte Mann erwähnt hatte, und welcher in einem raumgreifenden, kaum überwindbaren Flussbett floss. Unmöglich, dachte ich, jeden Zentimeter dieses Weges hatte ich geprüft, und diese Kluft hätte ein alter, schwacher Eremit unmöglich regelmässig überwinden können. Konnte es sein, dass ich die Höhle nicht erkannt hatte? Gab es vielleicht eine Weggabelung, die mir entgangen war? Oder war ich vollkommen auf dem Holzweg? Doch die Kreuze an den Bäumen konnten unmöglich Zufall sein. Während dieses ganzen Exkurses trug ich das Gefühl in mir, nicht in diesem offenbar einsamen Wald alleine zu sein. Wie schon zuvor, überkam mich immer wieder der Eindruck verfolgt zu werden.

Ein grollender Donner ertönte in dem Moment. In diesem dichten Wald hatte ich nicht bemerkt, dass der Himmel von dunkelgrauen Sturmwolken bedeckt worden war. Schon kurz darauf fielen die ersten Regentropfen. Ein Regensturm in so einem steilen Hang konnte sehr gefährlich werden. Bald würden sich hier reissende Flüsse bilden. Widerwillig lief ich zurück, um mich in Sicherheit zu bringen, doch ich war weit gelaufen, und der Regen wurde innert eines Augenblicks zu einem tosenden Schauer. Verzweifelt suchte ich nach einem Ort, der mir auch nur ein wenig Schutz hätte bieten können, und traf nach einigen Metern auf einen der Felsvorsprünge. Ich kauerte unter dem herausragenden Felsen um mich, so gut es ging, vor dem Unwetter zu schützen, konnte aber kaum verhindern, weiter von den immer grösseren Wasserströmen, die nun den Hang hinunterflossen, durchnässt zu werden. Ich quetschte mich mehr und mehr zurück, gegen die Erdwand, als mein linker Fuss plötzlich den Halt verlor. Die Erde hatte nachgegeben, ich fiel rückwärts um und noch mehr Erdwand zerfiel. Ich schaute nach und bemerkte, dass der ganze vermeintliche Hang unter dem Felsen nur aus aufgehäufter weicher Erde bestand. Mit den Händen grub ich ein wenig weiter, und erkannte einen Durchgang.

Wie besessen begann ich die vom Regen lehmig gemachte Erde aus dem Weg zu graben, bis ich ein kleines Loch freigeschaufelt hatte, weniger als einen Meter hoch. Ich musste auf allen Vieren kriechen, um hindurchzupassen. Doch schon kurz darauf wurde der Durchgang etwas breiter. Es schien, jahrelanger Regen hatte diesen Höhleneingang verschüttet und meinen Augen unsichtbar gemacht. Einige Meter weiter weitete sich der Durchgang so sehr, dass ich aufstehen konnte, wenn ich auch leicht gebückt bleiben musste. Durch das stürmische Wetter kam kaum noch Licht in diese Höhle, ich konnte aber einen Haufen von verdorbenem Stroh erkennen, auf welchem ein grosses Tuch aus Jute lag, und einen primitiven Schlafplatz ausmachte, zwei Holzkisten, welche völlig morsch waren, und einige mittelgrosse Steinbrocken auf dem Boden, deren Form darauf schliessen liess, dass sie als Werkzeug verwendet worden waren. Ich nahm mir mein Smartphone zur Hilfe, welches über eine erstaunlich lichtstarke Taschenlampe verfügte, um das Innere dieser Höhle besser betrachten zu können. Der Anblick, als ich das Licht scheinen liess, war vollkommen unwirklich: Die ganze steinerne Wand dieser Höhle war mit Kritzeleien übersehen, solche die entstehen indem mit einem Stein auf einer Steinwand gekratzt wird. Nach einem Moment erkannte ich, dass es ein Text war, der in unregelmässiger Schrift, kaum lesbar und voller Fehler, der an die Wand geschrieben worden war. Ich gebe hier den Text in bereinigter Form wieder:

DIES SOLLEN MEINE LETZTEN WORTE SEIN. ICH, DEN MICH ALLE VATER COLMENAREJO NENNEN, OBGLEICH DIE ERINNERUNG AN MEINEN NAMEN WIE AUCH SONST FAST ALLE MEINE ERINNERUNGEN LANGSAM SCHWINDEN, ALS GINGE MEIN GEIST MEINEM KÖRPER VORAUS INS JENSEITS, ICH WAR ES,

DER DAS UNTERFANGEN ANFÜHRTE, DAS GROSSE ÜBEL, DAS IM SCHANDVOLLEN JAHR UNSERES HERRN 1914 AUF DIESE WELT BESCHWOREN WURDE, WIEDER VON DIESER WELT ZU VERBANNEN.

ICH WEISS NICHT GENAU, WAS DIESE UNMENSCHEN DAZU TRIEB, SOLCH TEUFLISCHES UNHEIL HERBEIZURUFEN. ES IST ANZUNEHMEN, DASS DIES NUR EIN WEITERES KAPITEL DES SCHEINBAR ENDLOSEN KRIEGES ZWISCHEN DER HEILIGEN KIRCHE UND DEM UNHEILIGEN TEMPEL DES SATANS WAR. DER ANBEGINN DIESES UNHEILS LIEGT WEIT ZURÜCK, BIS ZUM ZEITPUNKT DER TEMPEL DES SATANS IM 17. JAHRHUNDERT EINEN SCHRECKLICHEN FLUCH AUF KÖNIG KARL II. LEGTE, DEN WIR FOLGLICH NUR ALS DEN VERHEXTEN BEZEICHNEN KONNTEN, WODURCH IHM AUCH NACHKOMMEN VERWEHRT BLIEBEN. DIE ANHÄNGER DES SATANS WAREN AUF DEN KRIEG, DER DANN FOLGTE, GUT VORBEREITET, UND KONNTEN MITHILFE DIESER GOTTLOSEN BARBAREN AUS ENGLAND UND PREUSSEN ENDLICH DEN THRON USURPIEREN. DIES BEGRÜNDETE DEN NIEDERGANG SPANIENS ZU HÄNDEN DER TEUFELSANBETER UND IHRER DIENER DES HAUSES BOURBON.

ES SCHEINT MIR, DASS DER TEMPEL DES SATANS SCHLIESSLICH UM DIE JAHRHUNDERTWENDE SEIN WERK VOLLENDEN WOLLTE, INDEM DER LEIBHAFTIGE TEUFEL AUF UNSERE WELT BESCHWOREN WERDE, UM EINE EWIGKEIT VON VERDAMMNIS ÜBER UNSERE WELT ZU BRINGEN. DOCH OB DIESE LEUTE, WELCHE DIE BESCHWÖRUNG SCHLIESSLICH DURCHFÜHRTEN, TATSÄCHLICH BEWUSST HANDELTEN, ODER NUR UNWILLENTLICH VON IHRER MORBIDEN WISSBEGIER ZU MARIONETTEN DES BÖSEN WURDEN, WERDEN WIR WOHL NIEMALS ERFAHREN. WIR KONNTEN NUR DANK DER SCHILDERUNGEN VON BRUDER ARCADI ROSES I ESPASA IN ERFAHRUNG BRINGEN, DASS DIE CRATERA DES MONTSERRAT, EINES DER GROSSEN HEILIGTÜMER DIESES LANDES, SCHLIESSLICH GESCHÄNDET WURDE.

UM DAS BÖSE ZU VERBANNEN, WAR ES UNS NÖTIG, DIESES SCHÄNDUNGSRITUAL UMZUKEHREN, UND ICH WILL HIER FESTHALTEN, WIE UNS DIES GELANG, IN DER HOFFNUNG, DASS ES NIE WIEDER NÖTIG WÄRE, DOCH IN DER BEFÜRCHTUNG, DASS ES DOCH SO SEIN KÖNNTE. ZUERST MUSSTEN WIR WISSEN, WIE DIE GÖTTLICHE MACHT DER CRATERA ÜBERHAUPT GEBÄNDIGT WURDE, DENN WIR WUSSTEN NUR, DASS ES DURCH MUSIKALISCHE TÖNE GESCHAH, WELCHE IN DER CRATERA RESONANZ VERURSACHTEN. NACH JAHRELANGER SUCHE KONNTEN WIR DIE ALTE

WACHSWALZE AUSFINDIG MACHEN, WELCHE BEI DER SCHÄNDUNG VERWENDET WORDEN WAR. ICH HATTE BEREITS ANGENOMMEN, DASS DIES MIT DIESEM SÜNDHAFTEN PARSIFAL ZU TUN HATTE, UND MEINE ANNAHME BESTÄTIGTE SICH, ES WAREN EINIGE TÖNE AUS DEM PRÄLUDIUM ZUM 3. AKT. DER PREUSSE WAGNER HATTE IN SEINEM PARSIFAL ORT UND METHODE FÜR DIESE SCHÄNDUNG AN DIE JÜNGER DES TEMPELS DES SATANS ÜBERMITTELT. ES SCHEINT, ER KANNTE HIERBEI NUR EINE DER CRATERAE, DIE IN SPANIEN ZU FINDEN SIND, UND ES IST SICHER BESSER, WENN DAS WISSEN ÜBER DIE CRATERA BEIM KLOSTER VON EL ESCORIAL GEHEIM BLEIBT.

MIT DER GERAUBTEN MACHT DER CRATERA MACHTEN SICH DIE TEUFELSANBETER AUF ZUM UNHEILIGSTEN ORT SPANIENS: DER STATUE DES GEFALLENEN ENGELS IN MADRID, ERBAUT ALS MONUMENT DER HERRSCHAFT DER SATANISTEN ÜBER SPANIEN, AUF EINER HÖHE VON GENAU 666 METER ÜBER DEM MEER.

SIEBEN VON UNS, ICH UND SECHS WEITERE TAPFERE KÄMPFER DES HERRN, BETETEN DREI TAGE UND DREI NÄCHTE LANG BEIM GEFALLENEN ENGEL, UNTER ERKLINGEN DERER TÖNE, DIE ZUVOR DIE CRATERA DES MONTSERRATS GESCHÄNDET HATTEN. DOCH NUR ICH ÜBERLEBTE DAS RITUAL, UND DIE SEELEN DER ANDEREN SECHS WURDEN ALS OPFER GENOMMEN, UM DIESEM SCHRECKEN EIN ENDE ZU SETZEN. ICH WERDE MIR NIEMALS VERZEIHEN KÖNNEN, ALS EINZIGER ÜBERLEBT ZU HABEN, WÄHREND MEINE MITSTREITER DAHINGERAFFT WURDEN.

DIE HÖLLISCHEN TÖNE, WELCHE VERWENDET WURDEN, UM DAS TOR ZUR HÖLLE ZU ÖFFNEN UND AUCH WIEDER ZU VERSCHLIESSEN, GEBE ICH HIER WIEDER, AUF DASS SIE IN DIESER HÖHLE VERBORGEN BLEIBEN, SO LANGE, BIS SIE WIEDER NÖTIG SEIN SOLLTEN, UM DAS UNHEIL ERNEUT ZU BÄNDIGEN.

Darunter waren Notenlinien mit einigen Tönen darauf gezeichnet. Ich musste mich nach diesen Ausführungen erst einmal fassen. Nun hatte ich schliesslich vor mir die abschliessende Wahrheit, beginnend mit der Usurpation des spanischen Königshauses bis hin zur Teufelsbeschwörung. So sehr war ich gebannt vom Erfahrenen, dass ich zwar hinter mir die Schritte hörte, aber nicht darauf reagierte, bis ich plötzlich durch einen harten Schlag auf den Hinterkopf das Bewusstsein verlor.

7

Als ich wieder zu mir kam, erkannte ich, dass draussen bereits der Morgen graute. Ich sah um mich, und erinnerte mich an alles: Die Höhle, die Schrift an der Wand, und der Schlag auf den Kopf. Ich war noch immer etwas benommen, und während ich versuchte, mich zu sammeln, fiel mein Blick auf die vollgekritzelte Felswand. Eine Stelle stach mir ins Auge, sie war heller als der Rest der Schrift, welche über die langen Jahre von der Feuchtigkeit verdunkelt worden war: Dort, wo Vater Colmenarejo die Noten in die Wand geritzt hatten, mit welchen sowohl die Teufelsbeschwörung wie seine Verbannung getätigt worden waren.

Das Herz sank mir in die Hose. Ich wusste sofort, was die Person im Schilde führte, die mich attackiert hatte, denn es gab keine andere Erklärung dafür. Ich war sogleich wieder bei Sinnen, und lief so schnell ich konnte aus der Höhle, den vom Regen schlammigen Weg zur Strasse, und dann ins Dorf zurück. Ich konnte einen gerade noch abfahrenden Fernbus erreichen, und brachte ihn durch starkes Klopfen an der Tür dazu, mich noch einzulassen, wenngleich nicht ohne eine Schimpftirade des Busfahrers. Während der langen Fahrt versuchte ich mich irgendwie davon zu überzeugen, dass meine Folgerung falsch war, aber es konnte gar nicht anders sein. Es fügte sich alles ineinander, mein Gefühl der Verfolgung, der Einbruch im Kloster von *El Escorial*, über welchen ich am Vortag gelesen hatte, und der Angriff auf mich in der Höhle. Zum ersten Mal wurde mir bewusst, was diese ganze Geschichte tatsächlich bedeutete, denn bis zu diesem Zeitpunkt war alles nur eine Aufreihung von Geschehnissen aus längst vergangener Zeit gewesen.

Ich erreichte Barcelona und quälte mich durch den Berufsverkehr zur *Estación de Sants*, dem Hauptbahnhof der Stadt, von wo aus ich ohne Rücksicht auf eine vielleicht schwer bezahlbare Kreditkartenabrechnung einen Platz auf dem nächsten Hochgeschwindigkeitszug nach Madrid buchte, der in einer Stunde abfahren sollte. Wie benommen starrte ich während der Fahrt auf die dürren Hügel und die vielen Windkraftanlagen, die in atemberaubender Geschwindigkeit an mir vorbeizogen, bis nach etwas weniger als drei Stunden auch Madrid am Vorabend erreicht war. Die Sonne ging schon langsam unter als ich den kurzen Fussweg lief, vom Bahnhof *Estación de Atocha* bis zum *Parque del Retiro*, dem grossen Stadtpark von Madrid, welcher die ominöse Statue des gefallenen Engels beheimatet.

Überraschenderweise fand ich den Park, wie ich das angemessen benannte Tor des gefallenen Engels erreichte, welches der gleichnamigen Statue am nächsten gelegen war, geschlossen vor, was mir ungewöhnlich erschien, zumal dieser bis spät in die Nacht geöffnet sein sollte. Ein Schild am Eingang wies lediglich darauf hin, dass aufgrund von Bauarbeiten der Park heute früher geschlossen würde. Mir deuchte nichts Gutes, und ich war darauf aus, wenn nötig in den Park einzubrechen, doch gerade an dieser Stelle befand sich auch ein Wachposten. Ich lief die Strasse ein Stück weiter, bis ich eine Stelle erreichte, die weit genug vom Wachposten entfernt und wo das Gitter nicht so hoch und leichter zu überwinden war. Anschliessend musste ich erst einen steilen Hügel hinauf gehen, um nicht gleich beim Wachposten vorbeizulaufen.

Ich fand mich hinter dem Observatorium in einer Gegend voller Gebäudeanlagen wieder, welche es nicht einfach machten, den Weg zum eigentlichen Park zu finden. Mehrmals lief ich in Sackgassen oder entlang von Strassen, die wieder aus dem Parkgelände hinausführten, bis ich endlich vor mir in der Dämmerung das weitreichende Grün des Parks sah. Von hier aus war es ein Leichtes, die Statue des gefallenen Engels zu erreichen, doch die Orientierung wäre mir gänzlich unnötig gewesen, denn unheildrohendes Licht kam genau aus dieser Richtung, das Licht von Flammen.

Ich näherte mich, erst laufend, dann immer vorsichtiger, denn ich erkannte, dass sich dort mehrere Personen aufhielten. Im Schutz einiger Bäume und Hecken näherte ich mich immer weiter, bis ich nur wenige Meter vom Platz, in dessen Mitte auf einem Brunnen die erwähnte Statue stand, hinter eine Hecke verborgen, sehen konnte was vor sich ging. Ich sah eine Gruppe von Männern in dunklen Kutten, sechs an der Zahl, jeder mit einer Fackel in der Hand. Mir kamen plötzlich die Bilder in den Sinn, welche ich vor dreissig Jahren auf dem Film gesehen hatte, die Bilder, die die verhängnisvolle Kettenreaktion in Gang gesetzt hatten, welche hierherführen sollte. Es fiel mir nun wie Schuppen von den Augen, dass ich, so wie Vater Colmenarejo es geschrieben hatte, auf unwillentliche Weise zu einer Marionette des Bösen geworden war, getrieben nicht von seelischer Besessenheit, sondern von der Besessenheit der Neugier und des Durstes nach einem Wissen, welches nicht für uns Menschen bestimmt war.

Aus einem tragbaren Lautsprecher erklang Musik, Klassik, ich war zwar nicht gross mit klassischer Musik vertraut, nahm aber an, dass es sich um das Präludium zum dritten Akt von Wagners Parsifal handeln konnte. Die Szene, der ich beiwohnte, schien mir, als ob die Bilder aus diesem Film zum Leben erweckt worden wären. Die Leute in den schwarzen Umhängen sprachen etwas aus, das ich nicht hören konnte, und irgendwann nahm das Wasser, das aus dem Brunnen spross, den Anblick von Blut an. Kurz darauf schien die Statue zu leuchten, mit einem unwirklichen Licht, welches keinen Ursprung hatte, aber den ganzen Ort erhellte. Dann trat aus der Statue eine spektrale Präsenz hervor, sichtbar und zugleich unsichtbar, formlos und trotzdem grauenvoll.

Die Menschen in den Kutten erhoben ihre Fackeln, und sogleich fielen diese sowie die Umhänge auf den Boden, als seien ihre Körper auf einmal verschwunden. Die Gestalt, die aus dem Brunnen getreten war, raste dann, ebenso wie ich es auf den Filmbildern gesehen hatte, an mir vorbei, und hinterliess den ganzen Ort in fast gänzlicher Dunkelheit, ausser dem Licht, das von den nun ausbrennenden Fackeln ausging. Ich kauerte derweil auf dem Boden hinter der Hecke, erschüttert von dem, was ich soeben erlebt hatte. Mir war, als sei die unsichtbare Gestalt noch an mir vorbeigezogen, als ob sie sich für meine Dienste hätte bedanken wollen.

Ja, werter Leser, ich war es, der in diesem verdorbenen Jahr unseres Herren 2019 zuliess, dass die Hölle erneut auf die Erde beschworen würde, und auch konnte ich in meiner Dummheit nicht verhindern, dass die Möglichkeit, dieses Unheil wieder von der Welt verbannt werde, verloren gehe. Mancher Leser würde mich für diesen Leichtsinn strafen wollen, und ich will gesagt haben, welche Qual es ist, dieses Grauen über unsere Welt gebracht zu haben, und nicht einmal diese Schandtat einem hörenden Ohr beichten zu können, welche meine Erzählung nicht für ein Hirngespinst halten würde. Doch ebenso, wie Christus sagt, wer frei von Sünde sei, solle den ersten Stein werfen, so will ich fragen, wer seine menschliche Natur der Neugier und Wissbegierde tatsächlich hätte in dieser Abfolge von Geschehnissen so sehr unterdrücken können, als dass es nicht so weit gekommen wäre. Es ist, letztendlich, die Pein des Menschen, dass er niemals vor der verhängnisvollen Neugier zurückschreiten kann, so sehr er auch weiss, dass er ein Unheil auf die Welt bringen wird, zumal dieses Unheil, erst wenn es als solches tatsächlich erschaffen wurde, erst wenn es zu spät ist, für das erkannt werden wird, was es ist.

DIE OSMANISCHE ATHENE

1

Endlich habe ich es geschafft, dachte ich, wie ich die zweite mühsame Reise In Richtung der Dardanellen im Nordwesten der Türkei antrat. Während in ganz Europa Spannungen und Ungewissheit herrschten, war ich zielgerichtet auf dem Weg in diese abgelegene Region, der Heimat des antiken Trojas, um die Krönung einer jahrelangen Recherche um die sogenannte „osmanische Athene" zu erreichen.

Diese Recherche war über ein viertel Jahrhundert zuvor von Professor Yves Romont aus Genf begonnen worden, welcher sich zu dieser Zeit bereits im Ruhestand befand. Er hatte ausgiebig die zahllosen Quellen studiert und analysiert, und konnte schliesslich durch eine von ihm konzipierte Theorie, nach welcher er unterschiedliche historische Ereignisse letztlich als verschiedene, abweichende Aufzeichnungen des gleichen Ereignisses erkannte, die Herkunft und Entwicklung um diese osmanische Athene, soweit bekannt ein Artefakt von unschätzbarem Wert und mystischer Bedeutung, aufzeichnen.

Die ersten Erwähnungen stammten noch aus dem alten Rom, worin von einem damals schon sehr alten kanaanitischen Kult gesprochen wird, welcher seltsame Artefakte für seine religiösen Zeremonien besass, denen auch sonderbare Eigenschaften innewohnen sollten.

Ihren Namen erhielt die „osmanische Athene" allerdings aus einer detaillierten Beschreibung einer goldenen, mit Edelsteinen versehenen Statuette, im ungefähren Abbild einer Frau, welche im 16. Jahrhundert im osmanischen Reich aufgezeichnet wurde. Diese Aufzeichnung erwähnte ebenfalls, wie diese Figur einen sonderbaren Einfluss auf seinen Besitzer ausübte, welcher dann meinte, von einer unermesslichen Erleuchtung überkommen zu sein. Der Autor dieser Aufzeichnungen, dessen Name nicht erhalten ist, vergleicht die Figur, damals schon als antik erkannt, deshalb mit Athene, der griechischen Göttin der Weisheit. So kommt der ungenaue Spitzname der „osmanischen Athene" zu Stande.

Eine Zeit lang ist diese Athene im osmanischen Reich gelegen, erstmals im Besitz eines reichen Paschas, dann anderer osmanischer Edelmänner, bis sie im Zusammenhang mit einer Mordserie im späten 17. Jahrhundert scheinbar endgültig verloren geht. Professor Romont hatte, soweit ich es einschätzen kann, den Werdegang dieser Statuette bis zu diesem Punkt aufs genaueste dokumentieren können, und auch zum späteren Standort bereits einige Information, die von Bedeutung sein könnte, zusammengetragen, und von einer Expedition in den Nordwesten der Türkei, nahe der Ruinen von Troja, erwartete Professor Romont grössere Klarheit. Jedoch die beiden Balkankriege, wie auch der Weltkrieg danach verunmöglichten diese Expedition immerzu. Professor Romont starb im Jahre 1919 im Alter von 73 Jahren, und seine Recherche wurde von seinem in Winterthur ansässigen Neffen und nächsten Verwandten an die Fakultät für Ethnologie der Universität Thurikon übergeben.

Es war dort im Jahre 1927, nun sieben Jahre zurück, dass ich beim Recherchieren von Geschichtsschreibung des alten Roms auf die Forschungen von Professor Romont stiess, und mich sofort davon fasziniert fand. Weshalb genau ist sicherlich schwer zu sagen, da es sich hierbei nun lediglich um ein weiteres kanaanitisches Artefakt handelte, welches zwar sicherlich den ethnologischen Studien von Wert wäre, aber wohl kaum eine derart revolutionäre Entdeckung, welche die Geschichtsschreibung dieser Periode der Antike neu ausrichten würde. Womöglich faszinierte mich vor allem, dass, gemäss den Ausführungen von Professor Romont, dieser Kult zwar den kanaanitischen Religionen nahe Stand, aber trotzdem abseits der bekannten religiösen Ströme stand, und, gemäss gewissen unvollständigen antiken Aufzeichnungen, mehrmals von den anderen Kanaanitern bekämpft, womöglich nahezu ausgerottet wurde.

Im Jahre 1932 hatte ich mithilfe eines Stipendiums der Universität Thurikon die Expedition in die Türkei unternehmen können, wo ich in der relevanten Region verschiedene Einheimische ausfragte. Bei den vielen Berichten überschnitten sich gewisse Erzählungen über einen alten Tempel, der sich in dieser Region befunden haben sollte, und dessen Ruinen noch bis ins 19. Jahrhundert zu sehen gewesen wären, bis sie für den Bau von militärischen Befestigungen abgetragen wurden. Dieser Ort wurde dennoch bis zum heutigen Tag von den Einheimischen gemieden, nachts habe man dort zumal seltsame Lichter und Geräusche gehört. Heute war an der Stelle, wo sich diese Ruinen befunden hätten, lediglich ein kleiner, von Wald überwucherter Hügel zu finden. Nahm man die Lage dieses Hügels und verglich sie mit den Aufzeichnungen, die Professor Romont angesammelt hatte, so passte es eindeutig zusammen. Ich hätte am liebsten schon in diesem Moment mit Ausgrabungen begonnen, doch es stellte sich bald heraus, dass sich dieses Grundstück, zusammen mit vielen anderen Ländereien der Region, in Privatbesitz einer Gruppe halsabschneiderischer Engländer befand. Ich musste also mit leeren Händen zurückkehren, und machte mich über die folgenden zwei Jahre daran, an dieses Grundstück zu kommen.

Es war mir nicht leicht gewesen, diese Ländereien zu sichern, wo ich die osmanische Athene nun mit grösster Überzeugung vermutete. Ich konnte ein Treffen mit den Besitzern des Grundstücks abmachen, um dieses zu erwerben, im Tausch für das, was ich als eine Lampenfabrik vorgab, aber letztlich nur ein altes Lagerhaus war, das mir von einem früheren geschäftlichen Unterfangen, das im Bankrott geendet hatte, übriggeblieben war. Ich hatte inzwischen auch fast meine ganzen Ersparnisse für die jahrelange Nachforschung ausgegeben, und so blieb mir keine andere Wahl, wenn ich diesen letzten Schritt noch wagen wollte. Ich war inzwischen voll und ganz auf die Suche nach der osmanischen Athene fokussiert, und sah es, auch gegenüber dem verstorbenen Professor Romont, als meine Pflicht an, diese Recherche mit dem Erlangen der Statuette zu vollenden.

Es war ein wahrlich seltsames Treffen mit den Engländern gewesen. Ich reiste per Schiff und Eisenbahn bis Glasgow, und musste dann mit einem gemieteten Automobil hinauf in die Hügel, bis ich ein altes Schloss erreichte, welches schon halb ruiniert war. Der einstige Turm war eingestürzt, und die Mauern nur noch teilweise erhalten. Ich liess das Auto stehen und lief zum Eingang, eine riesige doppelte Holztür mit Eisenbeschlägen, die aussah, als wäre sie hunderte Jahre alt. Das ganze Schloss machte überhaupt den Eindruck, wie wenn es schon seit Ewigkeiten hier vergessen wäre und nur noch vor sich hin vegetierte. Die zerfallen Mauern schienen, als würden sie nur noch von den vielen Kletterpflanzen aufrechterhalten. Das einzige Lebenszeichen war die kleine Rauchsäule, die über dem Hauptgebäude emporstieg und auf ein wärmendes Feuer hindeutete. Hier oben herrschten fast winterliche Temperaturen, obgleich es Mai war.

Ein Flügel des Schlosses war notdürftig mit einem Holzdach in Stand gebracht worden, und rechts davon gab es noch eine offensichtlich moderne Gittertür, die zum inneren Garten des Anwesens führte. Dort stand ein Automobil, welches diesen Geschäftsleuten gehörte. Der moderne, glänzend saubere Ford in Schwarz passte gar nicht in dieses verkommene Umfeld.

Ich klopfte mehrmals lautstark an die Tür, bis sich nach einer kurzen Weile etwas tat. Von innen war zu hören, wie die Tür entriegelt wurde, dann öffnete sie sich einen Spalt weit. Da es drinnen dunkler war konnte ich nicht die Person erkennen, die sie geöffnet hatte. Ich stellte mich vor, und bat um Einlass.

„*Please*, kommen sie rein", sagte eine Stimme mit einem starken englischen Akzent.

Als ich eintrat, gewöhnten sich meine Augen nach einer kurzen Weile an das dunkle Innere, welches nur von einem Kaminfeuer und einigen Petroleumlampen erleuchtet wurde. Ich stand vor drei Männern, der Anführer dieser kleinen Gruppe war Mister Corcoran. Gross und dick war er, mit einem kurzen Schnurrbart im Gesicht und markanten Koteletten. Sein dünnes Haar war ebenso schwarz wie sein Schnurrbart und Koteletten, im linken Auge trug er ein Monokel. Ich unterhielt mich ausschliesslich mit ihm, und hatte auch brieflich mit ihm verkehrt. Womöglich konnte er als Einziger Deutsch, ich selber sprach kaum Englisch, in der Schule hatte ich als Fremdsprache Französisch gemeistert.

„Das hier meine *associates*, Mister Williams und Mister Sullivan", stellte Corcoran die anderen Beiden vor. Der erste, Mister Williams, hatte mir auch die Tür geöffnet. Er war bei weitem der grösste von ihnen, sicher fast zwei Meter gross und von starkem Körperbau. Seine blonden Haare waren etwas zerzaust, im Gesicht fiel ein Backenbart auf, der sich unter seiner prominenten Nase zu einem Schnurrbart zusammenführte. Seine dunkelblauen Augen sahen mich die ganze Zeit verdächtig an, aber er sprach während der ganzen Zeit kein Wort.

Hinter ihm stand Mister Sullivan, ein kleinwüchsiger, schlanker Mann, mit dichtem braunem Haar und ebenso dichtem Spitz- und Schnurrbart. Er trug ein kleines Glas mit was ich annahm Whisky oder Brandy zu sein, wie es wohl zu einem Engländer passte. Auch er sagte während der ganzen Zeit wenig.

„Möchten sie ein *drink*?", fragte Mister Corcoran.

„Gerne, dasselbe wie sie", sagte ich.

Corcoran gab dem grossen Mister Williams ein Handzeichen, woraufhin er schnurstracks ein Glas für mich holte und grosszügig Whiskey einschenkte. Das Gebäude entsprach von innen dem, was zu erwarten war, es war alt und halb zerfallen, das knappe Licht kam durch die wenigen Fenster und vom Kaminfeuer. Elektrisches Licht gab es keines. Die wenigen Möbel, einige Sessel, eine Kommode und ein alter Stubentisch, waren verstaubt und abgenutzt. Der Ort sah nicht danach aus, als würde hier wirklich jemand wohnen, wohl eher nur ein Unterschlupf für diese Leute.

„*This is* ein exzellent Ort für Geschäfte zu machen", sagte Corcoran, während er mich gemächlich schlendernd durch das Innere des Gebäudes führte, „fern von die Lärm in die Stadt. Dieses ganze Treiben dort unten, dieses Gesindel, ich finde es abstossend, sie sind wie, ähm, *wild animals*. Unwürdig *for* Geschäftsleute. Wie sie und ich."

Ich nahm einen Schluck vom Whisky.

„Da kann ich ihnen nur zustimmen, Corcoran. Ein Glück, dass es noch Leute wie sie gibt, die einen zivilisierten Umgang pflegen", sagte ich, im Versuch mich subtil anzubiedern.

„Der Pöbel braucht von gehobene Menschen geführt werden, das ist *law of nature*, Naturgesetz. Jeder muss seinen Platz kennen. Diese Ideen von Republik und *democracy*, sind völlig absurd, sozialistische *drivel*. Sehen sie Amerika, ein Land von Wilden, keine Ordnung. *Horrible*."

Wir kamen zu einem Raum, der wohl eine Art Esszimmer war, worauf mit etwas Phantasie die begrenzte Einrichtung schliessen liess. Ein grosser Tisch aus rauem, schon fast morschem Holz stand in der Mitte, ich musste aufpassen, dass ich mir keinen Splitter fing. Durch je zwei Fenster an zwei Wänden kam etwas Licht herein, aber hell war der Raum nicht. Die ideale Atmosphäre für krumme Geschäfte.

„*Well*, ich denke sie sind dann mit die Geschäft einverstanden, *yes?*", fragte Corcoran als wir uns an den Tisch gesetzt hatte. Der kleine Sullivan hatte seinen Blick dabei die ganze Zeit an mich geheftet. Er machte mich nervös, aber ich versuchte es mir nicht anmerken zu lassen.

„Dann zeigen sie mal her das gute Stück", sagte ich, „meine Fabrik ist nämlich ganz schön etwas wert."

Corcoran schnippte mit den Fingern in Richtung von Sullivan, der sich sofort vom Tisch erhob und kurz aus dem Raum verschwand, um wenig später mit einer Ledermappe zurückzukehren, die er Corcoran in die Hand gab. Dieser legte sie auf den Tisch und öffnete sie, um mir verschiedene Dokumente bezüglich des Grundstücks in der Türkei zu zeigen. Die Details waren mir völlig gleichgültig, und ich schaute nur auf die Landkarte, sie zeigte eindeutig, dass der Hügel, wo ich die Athene zu finden erwartete, sich mitten in diesem Grundstück befand.

„Hier sie können sehen, Lage von Grundstück, Registereintrag und Besitzurkunde", sagte Corcoran. Ich nickte zufrieden, dann legte uns Sullivan noch einen Vertrag vor, welcher wohl nachwies, dass die beiden Besitztümer getauscht wurden. Die Urkunde der vermeintlichen Fabrik, die ich Corcoran andrehte, erwähnte lediglich die Liegenschaft, die industrielle Verwendung dessen sowie die Grösse des Grundstücks, wodurch er keine Möglichkeit hatte zu wissen, dass es sich eben nur um ein verfallenes Lagerhaus handelte.

„Sie sind dann einverstanden mit diesem Tauschgeschäft?", fragte ich nach einer Weile.

„*Yes*, ja", antwortete Corcoran, und machte sich daran den Vertrag zu unterschreiben. Ich tat es ihm auf der anderen Kopie gleich, dann tauschten wir die Papiere aus, und unterschrieben erneut, sodass wir beide eine Kopie mit beiden Unterschriften besassen.

„Wunderbar, es war mir eine Freude, mit ihnen ein Geschäft zu machen", sagte ich, und streckte Corcoran die Hand aus, der sie etwas zaghaft griff, und schüttelte. Anschliessend meldete sich überraschend Sullivan zu Wort, der die Papiere derweil an sich genommen hatte.

„*Excuse me, boss, I--*", sagte er zu Corcoran. Mir fiel das Herz in die Hose, hatte er eine Ungereimtheit auf der Urkunde bereits bemerkt?

„*Quiet you!*", fuhr ihn dieser an, und wendete sich dann wieder an mich, „bitte entschuldigen sie Mister Sullivan, er hat schlechte Manieren, respektiert nicht, wenn die Leute haben ein *conversation*."

„Ich müsste dann auch schon wieder", sagte ich, „dass ich noch den *boat train* erreiche". Ich wollte mich so schnell wie möglich aus dem Staub machen, bevor der Schwindel aufflog.

„*Williams, show him the door*", sagte Corcoran, woraufhin Williams aufstand und mir zur Tür folgte, „leben sie wohl", sagte er zu mir, blieb aber sitzen. Anschliessend, wie ich zur Tür geführt wurde, schimpfte Corcoran noch mit Sullivan, offenbar weil er ihn unterbrochen hatte. Wir verliessen das Haus, und Williams knallte unfreundlich die Tür hinter uns zu. Ich ging zum Automobil und fuhr so schnell ich konnte ab. Ich wurde das Gefühl nicht los, dass Sullivan meinen Hehl irgendwie durchschaut hatte, und dies seinem Anführer Corcoran hatte mitteilen wollen.

Tatsächlich hörte ich kurz nach meiner Abfahrt noch Schreie aus Richtung des Schlosses kommen, und als ich mich umdrehte, sah ich, dass die drei Engländer in ihren Wagen gestiegen waren, und versuchten die Verfolgung mit mir aufzunehmen. Sie mussten den Betrug erkannt haben. Ich fuhr so schnell ich konnte die holprigen Landstrassen entlang, aber sie holten mit ihrem schnellen Ford bald auf.

Ein Stück weiter vorne kam gerade eine grosse Herde Schafe von einer Seite, und machte sich auf die Strasse zu überqueren. Ich hupte, was die vordersten Schafe, die schon auf der Strasse waren, verscheuchte, sodass ich, ohne zu halten, mit einem kleinen Ausweichmanöver vorbeifahren konnte. „*Yer fucken cunt gon' kill me sheep!*" schrie mir der alte Hirte hinterher, was ich zwar nicht verstand, aber nicht besonders nett klang. Die Schafe überfluteten derweil die Strasse, und schnitten schliesslich den Engländern den Weg ab. Ich konnte ihr Hupen hören, aber es war zwecklos, die grosse Herde machte sich auf der ganzen Strasse breit und hatte es nicht eilig, diese zu räumen. Ich konnten meine Verfolger abhängen und fuhr zurück nach Glasgow, wo ich wenig später in den Direktzug nach Frankreich stieg.

Der Kauf dieses nach allem Anschein wertlosen Grundstücks war schliesslich das letzte Einzelteil gewesen, das mir in meinem Streben nach der osmanischen Athene gefehlt hatte. Nun musste ich nur noch diesen Ort in der Türkei aufsuchen, und die Statuette finden, was mir, angesichts der vorangehenden, jahrelangen Bemühungen, keineswegs von bemerkenswerter Schwierigkeit erschien. Und so liess mich die Erwartung kaum schlafen, während ich im Nachtzug nach Konstantinopel lag. Nach der fast schlaflosen Nacht dort angekommen, ging meine Reise mit einem Dampfer durch das Marmara-Meer weiter, bis zur Ortschaft Tschanak Kale. Dieses Städtchen, in unmittelbarer Nähe zu den Ruinen von Troja, war auch der Zugangspunkt zu den Ländereien, die ich erkauft hatte.

Nachdem ich mir in der örtlichen Herberge ein Zimmer gepachtet hatte, schaffte ich es mit überraschender Leichtigkeit für einige Münzen einen Pferdekarren anzuheuern, der mich bis zu meinem Grundstück führen konnte (per Vorzeigen der Landkarte, die ich zusammen mit der Grundstücksurkunde bekommen hatte). Der Mann, der den Karren führte, war ein alter Bauer, fast zahnlos und mit einer Haut wie Leder. Er erzählte mir auf dem Weg irgendetwas, dass ich natürlich nicht verstand, da ich der türkischen Sprache nicht im Geringsten mächtig war. Er deutete immer wieder auf die Landschaft, vielleicht erzählte er mir, dass dieses Land seinem Grossvater gehört hatte, oder von einer Legende, gemäss welcher Schätze von unermesslichem Wert hier verborgen waren? Mit solchen Legenden hatte meine schliesslich jahrelange Besessenheit mit der osmanischen Athene wahrlich auch begonnen. Der Weg führte fast die ganze Zeit einen sanften Hügel hinauf. Es war sonnig und heiss, ohne Wälder, die einen angenehmen Schatten gespendet hätten. Vereinzelt gab es grössere Bäume, sonst nur viel Gebüsch und Unkraut. Nach etwa einer Stunde holpriger Fahrt über den staubigen Weg, hielt der Mann den Karren an und deutete auf einen Schuppen einige Meter weiter, der neben einem kleinen Felshügel aufgebaut war. Ich musste annehmen, dass es sich dabei um die Hütte des Verwalters handelte. Ich bedankte mich erneut mit Handzeichen beim alten Mann und lief zum Schuppen. Eine kleine, mickrige Bruchbude aus ein paar unregelmässigen Holzpfählen und etwas Stroh gebaut.

Ich lief auf diese kleine Baracke zu, und konnte dahinter eine dünne Rauchsäule erkennen, die emporstieg. Bald erreichte mich auch der Geruch nach Brennholz und gebratenem Fleisch. Ich lief um den kleinen, improvisierten Schuppen herum, der nicht grösser war als ein kleines Zimmer, und offenbar mit verschiedenen Materialien gebaut, die wohl aus Schrott und Strandgut ergattert worden waren. An der Hinterseite des Schuppens gab es eine Art Sonnendach, aus ein Paar Holzbalken und altem Segeltuch gebastelt. Darunter sass auf dem Boden ein kleiner Mann, gekleidet in Lumpen, und mit einem zerfransten und schmutzigen Fes auf dem Kopf. Sein braungebranntes Gesicht war unrasiert und zwischen seinen dunkelbraunen Augen ragte eine dicke Knollennase heraus. Er sass vor einem kleinen Feuer, über welchem ein Spiess stand, mit einem kleinen Tier, das gebraten wurde, entweder ein kleines Kaninchen oder eine grosse Ratte, vielleicht aber auch ein Meerschweinchen oder sonst ein Nagetier. Ich wollte es auch nicht genauer wissen.

Als der Mann mich sah erschrak er fast zu Tode, er kroch zurück in die Ecke zwischen der Wand seines Schuppens und der Felswand daneben. Dort nahm er eine uralte Flinte, stand auf und zielte auf mich. Er schrie irgendwas auf Türkisch. Aus Reflex liess ich meinen kleinen Koffer fallen und hob die Hände, dass er nicht noch auf dumme Gedanken käme.

„Guter Mann", sagte ich in ruhigem Ton, „ich bin der Besitzer dieses Grundstücks."

„Wer sie? Was wollen? Ich nichts habe, gehen weg!", rief der Mann. Man hatte mir gesagt, dass der Verwalter ein paar Worte Deutsch konnte.

„Ich bin der Besitzer. Be-sitz-er", sagte ich langsam, „Grundstück, meins. Habe Urkunde."

Der Verwalter beruhigte sich etwas, nahm aber das Gewehr noch nicht runter.

„Ich habe Urkunde, im Koffer", sagte ich erneut, und deutete langsam mit der rechten Hand auf meinen Koffer, „ich hole sie, ja?"

Langsam und vorsichtig bückte ich mich zu meinem Koffer und öffnete ihn. Immer wieder zuckte der Mann ein wenig zusammen und hob wieder sein Gewehr an, er hatte wohl Angst, dass ich eine Waffe aus dem Koffer hole. Ganz langsam nahm ich die Urkunde heraus, und zeigte sie ihm. Er sah sie sich aus der Ferne an, dann senkte er endlich die Flinte.

„Ah!, *mülk sahibi*, Besitzer von Land, jawohl, jawohl", sagte er und verbeugte sich mehrmals vor mir, „ich bin *müdür*, bewache Land von Banditen. Ich Nedim-Bey."

Er legte die Flinte endlich weg und streckte zur Begrüssung die Hand aus, die ich ihm dann schüttelte.

„Kommen, kommen", sagte er und führte mich ein Stück weiter den Hügel hinauf. Wir kamen am Scheitel des Hügels an, von hier aus konnte man ein ganzes Stück in die Ferne sehen, sogar bis zur Meerenge der Dardanellen. Die Landschaft war dürr, wie man sie aus den Mittelmeergegenden kannte. Mir kam der Weg, der erst durch die Felder führte, um dann mit einigen Biegungen einen Hügel hinaufzusteigen, bekannt vor. Die Karte, auf welcher die Stelle, wo ich die osmanische Athene finden würde, eingezeichnet war, zeigte haargenau diesen Weg.

„Ist gutes Land, für Bauern, sehr gut, sehr gut", sagte Nedim-Bey.

„Ja, das sehe ich. Ich werde es mir nachher noch aus der Nähe ansehen. In Ordnung?"

„Ja, gutes Land, sie sehen, sie sehen", antwortete Nedim-Bey in seinem gebrochenen Deutsch.

Ich machte kehrt und lief zurück in Richtung der Hütte. Vor allem
wollte ich etwas Schatten suchen, denn die Sonne brannte inzwischen
ziemlich heiss. Mein Hut fühlte sich an, als würde der Filz gleich in
Flammen aufgehen.

Ich begann den kurzen Weg wieder zurückzulaufen, als ich schon
wenig später schnelle Schritte hinter mir hörte. Doch bevor ich mich
umdrehen konnte, bekam ich plötzlich einen Sack über das Gesicht ge-
stülpt, dann einen Schlag mit einem harten Gegenstand an den Hinterkopf. Mir wurde schwarz vor Augen.

2

Als ich wieder zu mir kam, hatte ich noch immer den Sack über dem Kopf. Ich sass auf dem Erdboden, meine Hände hinter dem Rücken gefesselt, meine Füsse ebenfalls zusammengebunden. Es musste ein dunkler Ort sein, denn wenig Licht drang durch den Jutesack, der mir den Blick verdeckte. Vielleicht war es auch schon Abend, doch dafür war es zu warm. Wo war ich? Was war geschehen? Jemand hatte wohl bemerkt, dass ich zu mir gekommen war, Schritte kamen auf mich zu, dann riss man mir den Sack vom Kopf.

Vor mir stand ein Mann von europäischem Aussehen und Bekleidung, etwa mittelgross und schmächtig, mit einer Visage, die ziemlich fertig aussah und es schwierig machte, sein Alter zu schätzen, vielleicht um die dreissig, vielleicht um die fünfzig, wer konnte das schon wissen.

„Sie sind also der neue Besitzer von diese Land", sagte er mit französischem Akzent, „warum nur 'aben sie uns geswungen sie 'ierher zu bringen, *branleur*?"

„Was zum Geier soll das hier eigentlich werden, sie verdammter Froschfresser", fragte ich verärgert, bereute es aber gleich, als ich eine saftige Ohrfeige bekam.

„*Tais-toi!*", sagte der Franzose.

Ich sah mich ein wenig um, wir waren in einem Zelt, wahrscheinlich unweit von Nedim-Beys Hütte, obgleich ich zuvor nirgendwo ein Zelt gesehen hatte. Es gab einen kleinen Tisch und zwei Klappstühle, auf dem Tisch lagen Papiere, scheinbar Landkarten, und auch ein dickes, in Leder gebundenes Buch. Rechts von mir gab es zwei Kojen ohne irgendwelche Decken oder Bezüge.

Ein zweiter Mann gesellte sich nun hinzu, er war mindestens einen Kopf kleiner als der Franzose, ein bisschen dick, mit wenig Haaren auf dem Kopf, kugelrunden Augen und markanten Lippen, was ihm alles

111

zusammen einen ebenso lächerliches wie auch finsteres Aussehen verlieh. Er sprach mit österreichischem Akzent.

„Wir sollten ihm einfach die Kehle durchschneiden und gut is'. Wer wird den schon hier finden?", sagte er lässig. Mir wurde sehr mulmig im Magen, welch ein blutrünstiger Kerl.

„Also, meine Herren, ich bin sicher wir können uns hier einigen", sagte ich nervös, „wenn es um das Grundstück geht, sie können es von mir aus haben, das spielt doch gar keine Rolle."

Der Österreicher kam auf mich zu und sah mich mit verachtendem Blick an.

„Ja, wenn das denn so einfach wäre, nicht?", sagte er, „aber die Urkunde haben wir doch bereits. Das Problem sind nur sie."

„Du weisst su viel", sagte der Franzose.

„Ich? Aber nein, ich weiss doch gar nichts", sagte ich mit gezwungenem Lächeln.

„Wir töten ihn und graben ihn ein, dann ist doch gut", sagte der Österreicher seinem Kollegen.

„Der Chef wird entscheiden müssen was mit ihm passiert", sagte der Franzose kategorisch. Der kleine Österreicher zuckte nur mit den Schultern und zündete sich dann eine Zigarette an. Die beiden verliessen das Zelt und liessen mich alleine zurück. Ich sah mich um und versuchte eine Möglichkeit zu entdecken, wie ich mich befreien könnte. Wenn ich nur die Fesseln hätte loswerden können, dann wäre die Flucht ein Leichtes.

Doch ich kam nicht dazu, es war wohl kaum eine halbe Stunde vergangen da kamen meine zwei Entführer wieder zurück, diesmal mit einem etwa fünfzigjährigen Mann, mit kleinen Knopfaugen, dicken Lippen, aus welchen eine Zigarre herausragte, und einem sehr unfreundlichen Ausdruck. Der Franzose erklärte dem Dicken, der offensichtlich ihr Anführer war, dass er mich bei Nedim-Bey aufgegriffen hatte, mit der Besitzurkunde dieser Ländereien.

„Und? Habt ihr jetzt die Urkunde?", sagte der kleine Mann knurrend in akzentfreiem Hochdeutsch.

„Jawohl, Chef, die 'aben wir an uns genommen."

„Dann macht diesen Idioten mundtot, ihr könnt ihn ja in diesem verschissenen Loch verscharren, das wir heute ausgehoben haben."
Der Österreicher mit den kugeligen Augen meldete sich zu Wort: „Dann habt's ihr wieder nichts g'funden?"

„Nein, verflucht", sagte der Anführer der Bande, „bestimmt habt ihr wieder etwas falsch berechnet, es war schon wieder nicht die richtige Stelle."

„Ces textes, die sind uralt, schwer zu verstehen", rechtfertigte sich der Franzose. Der Anführer griff ihn am Hemd.

„Ich weiss nur dass wir seit drei Wochen wie bescheuert hier herum graben und nichts gefunden haben. *Andouille, nous ne sommes pas venis pour faire des vacances. Si on ne trouve tôt l'Athène je perdrais ma bonne humeur. Comprends?"*

Sie rechneten vielleicht nicht damit, dass ich ein recht gutes Verständnis des Französischen hatte und meinten wohl, ich würde nicht mitbekäme, was sie sprachen. Nun wusste ich, sie suchten ebenfalls die osmanische Athene.

„Je suis sûr que nous sommes proches, chef. La description de la tombe principale était correcte", sagte der Franzose, *„ayez un peu de patience, nous serons riches, pas plus de petits pillages!"*

Er sprach von einem Grab, das in irgendwelchen Texten beschrieben wurde, welches sie nun zu finden versuchten. Ich schloss aus der Konversation, dass es Grabräuber waren, die wohl die osmanische Athene als wertvolles Artefakt suchten.

„Trois ans, Charles, trois ans nous cherchons", erwiderte der Anführer, während er den Franzosen am Kragen zerrte. Drei Jahre waren sie schon hinter der Athene her.

„Et nous sommes proches, je sais. J'ai trouvé les textes, j'interpreté l'emplacement. Nous sommes presque là!", antwortete der Franzose, bürgerlich Charles. Er war also der, der die Nachforschungen angestellt hatte, die zu dieser Expedition geführt hatten. Ich konnte mir langsam ein Bild dieser Gruppe machen.

Der Anführer liess den Franzosen los und setzte sich auf einen der Klappstühle. Er nahm das alte, ledergebundene Buch und betrachtete es. Ich konnte einen Augenblick lang den Titel erkennen,

UNAUSSPRECHLICHEN KULTEN, und den Namen des Autors: Von Junzt. Plötzlich stand der kleine, hässliche Österreicher neben mir.

„So, dann machen wir mit dir mal kurzen Prozess", sagte er, während er mit einem kleinen aber sehr scharf aussehenden Messer spielte. Jetzt bekam ich es mit der Angst zu tun.

Gerade in dem Moment platzten drei Männer in das Zelt, die meine Entführer nicht erwartet hatten. Ich hingegen kannte diese Männer: Es waren die Engländer, die ich um diese Ländereien über den Tisch gezogen hatte. Wie zum Donnerwetter waren die jetzt hier gelandet waren war mir schleierhaft, aber das alles konnte kein gutes Ende nehmen.

„Hier also hast du dich verkrochen", sagte Corcoran, „mit diese *Bandits*, du dreckige Betrüger! *Let's get at 'em!*"

Der Anführer dieser anderen Bande nahm dieses Eindringen nicht gut an.

„Was wollen die denn hier? Jungs, macht sie fertig!", rief er seiner Bande zu. Ein Handgemenge brach sogleich aus. Ich nutzte den Moment und schaffte es dem Österreicher mit den Beinen zum Stolpern zu bringen, woraufhin er auf den Boden fiel und sein Messer aus der Hand verlor. Er wollte es holen, doch gerade da bekam er von einem der Engländer einen Tritt ins Gesicht. Ich kroch hinüber, zog mit Mühe meine noch immer verbundenen Hände unter den Füssen nach vorne und schaffte es, das Messer an mich zu nehmen. Während sich alle anderen um mich herum verprügelten, schnitt ich die Fesseln meiner Hände und Füsse durch, und verschwand unter einer Seite des Zeltes hindurch.

Als ich zum Zelt fast hinaus war, griff mich jemand am rechten Fuss. Ich schaute zurück und sah den Franzosen, der versuchte, mich erneut ins Zelt zu zerren. Mit dem anderen Fuss gab ich ihm einen Tritt der voll auf die Nase traf. Er liess mich los, um mit den Händen an sein Gesicht zu fassen, was mir schliesslich die Gelegenheit gab, zu entkommen. Ich verschwand in die Dunkelheit des Abends, der sich langsam über die Landschaft legte.

Das Zelt der Grabräuber war unweit der Hütte des Verwalters gelegen, ich lief nun so schnell ich konnte in Richtung des Hügels weiter vorne, wo es ein kleines Stück Wald gab, in dem ich mich verstecken konnte. Mehrmals stolperte ich beinahe, doch ich schaffte es ein ganzes Stück weit zu laufen, bis mir der Atem ausging. Ich sah zurück, konnte aber niemanden sehen, der mich verfolgte. Etwas langsamer, um wieder Luft zu bekommen, aber noch immer eilig, lief ich weiter in Richtung der Bäume. Ein Stück lang konnte ich dem Weg folgen, dann musste ich querfeldein über Gebüsch und Unkraut laufen. Noch immer konnte ich keine Verfolger erkennen. Sie waren offenbar mit ihrer Prügelei beschäftigt. Ob sie sich gegenseitig abmurksen wollten, war mir egal, ein Lumpenpack waren sie allesamt.

Ich erreichte den Wald und hielt hinter einem Baum ein, damit ich endlich durchatmen konnte. Jetzt war ich vor ihrem Blick sicher, sie würden mich zumindest nicht gleich sehen können. Ich lehnte mich an den dicken Stamm eines Nadelbaumes, der vom Harz etwas klebrig war, was mich in dem Moment aber nicht weiter störte. Ich sah mich in diesem kleinen Wald am Hang des Hügels um, denn ich wusste, dass ich in der Nähe der Stelle sein musste, wo die Athene verborgen wäre. Obgleich meine Karten mit allem anderen bei den Grabräubern zurückgeblieben waren, war dieses Bild in meine Netzhaut eingebrannt. Mir bereitete derzeit nur Sorge, dass irgendwelche dieser Schufte bald nach mir suchen würden. So betrachtete ich es als das klügste, baldigst die osmanische Athene zu finden, damit ich mich danach aus dem Staub machen könne – ohne die Statuette würde ich auf keinen Fall diesen Ort verlassen. Ich musste die Athene finden.

Ich lief ein wenig durch den kleinen Wald in der Hoffnung, ein Indiz zu finden, welches mir den Weg zur Ruhestätte des gesuchten Artefaktes zeigen würde. Ich war so nah, und ausgerechnet jetzt hatte ich meinen Wegweiser nicht mehr. Ich kam zu einem umgefallenen Baum. Er schien durch Wind und Alter gestürzt zu sein, nicht vom Menschen gefällt. Der Wipfel des Baumes war auf den Hang des Hügels gefallen, und er lag schräg über einem grossen Felsen, der unter dem dichten Geäst des Baumes kaum noch zu sehen war. Ich selbst hatte ihn kaum bemerkt, doch irgendwas an diesem Bild zog mich an. Ich lief ein Stück den Hang hinauf, in der Absicht, den Felsblock zu erreichen und diesen genauer zu betrachten. Hierbei lief ich auf den Ästen des gefallenen Baumes. Bei einem Tritt hatte ich plötzlich keinen festen Boden mehr unter den Füssen, und ich stürzte. Doch landete ich nicht auf dem Waldboden, sondern fiel mitten durch die Äste des Baumes in ein tiefes Loch. Eine Höhle!

In der Dunkelheit der anbrechenden Nacht war auch draussen kaum noch Licht, hier unten konnte ich gerade so erkennen, wo die Wände waren. Ich tastete ein wenig herum und bemerkte, dass es keine natürlichen Höhlenwände waren, sondern ein in den Felsen gemeisselter Raum. Ich nahm eine Schachtel mit Streichhölzern aus meiner Jackentasche und zündete eines an, um zu sehen, wie es hier tatsächlich aussah.

Der Anblick war beeindruckend, die ganzen Wände dieses Ortes waren verziert gemeisselt, in einem Stil, der an die Antike erinnerte, aber auch nicht auf etwas altgriechisches oder gar römisches schliessen liess. An einigen Stellen war der Stein abgebrochen und lag auf dem Boden, welcher weitgehend flach und teilweise auch zerbrochen und löcherig war. Auf einer Seite der Höhle schien mal einen Zugang zu einem weiteren Teil der Anlage gewesen zu sein, ein Türrahmen war dort geformt, dieser aber vollkommen verschüttet. Auf der anderen Seite, gegenüber dieser einstigen Türe, gab es eine etwa einen halben Meter hohe Struktur, ähnlich einem Altar, die besonders viele Ornamente besass. Ich musste mir immer wieder ein neues Streichholz anzünden, um diese prächtige kleine Kammer angemessen zu betrachten. Als ich mir die Altarstruktur aus der Nähe ansah, erkannte ich, dass eine Steintafel darauf lag, die entzwei zerbrochen war.

Meine Folgerung war offensichtlich, es konnte kein Zufall sein, dass ich genau hier diese bizarre Kammer finden sollte. Die Grabräuber mussten schon selten dämlich gewesen sein, sie zu übersehen, zumal ich ja direkt hineingefallen war. Im Dunkeln, um beide Hände verwenden zu können, griff ich nun eine Hälfte der schweren Steinplatte, und zog sie mühsam in meine Richtung, um das, was sich darunter befinden sollte, freizulegen. Mit einem dumpfen Stoss fiel der massive Stein auf den Boden. Dann zündete ich ein weiteres Streichholz an, um sehen zu können, was ich nun freigelegt hatte.

Wie erwartet befand sich unter der Steintafel eine Vertiefung, und was darin lag, verschlug mir sogleich die Sprache: Eine kleine, goldene Plastik einer Frau, im Stil antiker Skulpturen, aus purem Gold und mit Edelsteinen versehen. Sie war mit extremer Sorgfalt bis ins kleinste Detail geschaffen und fing sofort meinen Blick, zog ihn gar hypnotisch an. Es fühlte sich nicht an wie irgendeine Statuette, sondern als hätte es ein ganz besonderes Energiefeld, wie ein Magnet für die humane Wahrnehmung. Das konnte nur die osmanische Athene sein.

Ehrfürchtig nahm ich die Statuette an mich, und ich weiss bis heute nicht, ob es nur meine Einbildung um das kalte Gefühl beim Greifen der Plastik, oder ob es tatsächlich eine dieser Figur innewohnende Macht war, die durch meinen Körper fuhr, als ich sie anhob und, mithilfe eines weiteren Streichholzes, aus der Nähe betrachtete. Wie ich das Gesicht der Figur studierte, schien es mir doch, die aus Edelsteinen geformten kleinen Augen der Athene würden mich direkt ansehen, sodass ich vor Schreck gar mein Streichholz fallen liess, und mich sogleich wieder von völliger Dunkelheit umhüllt fand. Das konnte nur meine Einbildung sein, sagte ich mir.

Ich wollte keine Zeit mehr verschwenden, denn es dämmerte bereits, und bald würden mir sicherlich irgendwelche dieser ganzen Leute hinterherlaufen, und ich konnte mich keineswegs darauf verlassen, erneut so glimpflich davon zu kommen.

Indem ich das Futter meines Jacketts mit einem Taschenmesser aufriss, konnte ich darin die Statuette sicher verstecken. An einigen Wurzeln und Steinen schaffte ich es dann, aus dieser Kammer herauszuklettern. Ich schaute mich um, doch keine Menschenseele war zu sehen, die mich heimsuchen käme. Also lief ich los, nicht den Weg entlang, den ich gekommen war, sondern, um meinen möglichen Verfolgern zu entkommen, erst einmal nach Norden in Richtung des Meeres, und dann an der Küste entlang, in Richtung des Städtchens Tschanak Kale, wo ich beabsichtigte, den Dampfer zurück nach Konstantinopel zu besteigen. Konstantinopel, das ja inzwischen Istanbul hiess, wie man mich am Hafen erinnerte, doch die Gewohnheit sass tief. Der Dampfer fuhr noch an diesem Abend, was für mich ideal war, um so bald wie möglich diesen Ort hinter mir zu lassen.

Ich liess mich den Rest des Nachmittags in der Hafentaverne nieder, wo ich mich mit meinen Französischkenntnissen halbwegs verständlich machen konnte, und sogar eine Speise serviert bekam. Ich hatte derweil das Gefühl, dass diese Statuette viel schwerer war als in dem Moment, wo ich sie erstmals in Händen gehalten hatte. Auch strahlte eine seltsame Kälte von ihr aus, nicht eine Kälte, die ich beim Berühren empfinden konnte, aber die trotzdem von der Seite, wo ich die Athene in meinem Jackett verborgen trug, auf mich wirkte. Nach ein paar Stunden legte endlich das kleine Dampfschiff an, und ich ging an Bord. Als ich über den Steg lief, hörte ich plötzlich Rufe. Ich drehte mich um, und sah ein Stück weiter vorne am Hafenkai die drei Grabräuber, welche mich entführt hatten. Sie hatten alle Verbände an verschiedenen Stellen, einer am Kopf, ein anderer am Arm, wohl von der Auseinandersetzung mit diesen englischen Halsabschneidern. Der Franzose zeigte auf mich, und rief etwas, das ich nicht genau hörte, dann liefen sie etwas humpelnd in meine Richtung. Ich lief aufs Schiff, um ihnen zu entkommen, doch zu meinem Glück hielt man sie sogleich auf, bevor sie an Bord kommen konnten, denn aufgrund des nur kurzen Halts des Dampfers wurde der Steg auch schon gleich zurückgeholt, und das Schiff fuhr sogleich weiter. Ich sah vergnügt von der Reling aus zu, wie die drei mit dem Hafenbeamten vergebens diskutierten, doch nach kurzer Zeit verschwanden sie, zusammen mit diesem Kaff Tschanak Kale, in der Ferne.

3

Ich bahnte mir den Weg zurück aus der Türkei in die Schweiz, indem ich in Konstantinopel auf einen Zug mit Halt in Zürich umstieg. Sicherlich kein Orient Express, da für solchen Luxus die schnell schwindenden Reste meiner Ersparnisse keineswegs reichten, doch ich verfügte zumindest über einen Liegeplatz. Inzwischen war ich auch überzeugt, dass die Aura dieser osmanischen Athene keineswegs meine Einbildung war. Ich verspürte die kleine Figur, als wäre sie fast schon lebendig, als würde sie mit mir über die Gedanken kommunizieren, nicht in Form konkreter Worte und Sätze, sondern abstrakter Empfindungen. Ich bekam den Eindruck, als wollte etwas darin Besitz von mir ergreifen, ebenso, wie es in den alten Beschreibungen, die Professor Romont seinerzeit zusammengetragen hatte, zu lesen war. Vielleicht war es gerade deshalb, dass ich diese mir eingepflanzt werdenden Gedanken bewusst zurückwies, und diesen Empfindungen hierdurch Stand hielt.

Ich machte mich noch am Tag meiner Ankunft auf zur Universität Thurikon, wo ich beabsichtigte Professor Steinmeier von meiner erfolgreichen Expedition zu berichten. Die Rückkehr stellte sich jedoch als alles andere als triumphal heraus, gleichwohl tragisch, denn wie ich das Büro von meinem Mentor Professor Steinmeier betrat, wurde ich von einem schockierenden Anblick begrüsst: Auf dem Boden der kleinen, mit Büchern, Dokumenten, Karten und sonstigen Artefakten ausgefüllten Kammer, lag der leblose Körper von Professor Steinmeier, mit einem grossen Messer, welches ihm aus dem Rücken herausragte. In der Hand hielt er ein Stück Papier, auf welchem ich lesen konnte: *Dr. Hauser, Kunsthaus.* Ich prägte mir dies ein, rührte aber nichts an dieser Makabren Szene an, sondern rief sofort nach Hilfe, und schon wenige Minuten später trafen Sanitäter und Polizei ein.

119

Für den Professor kam wenig überraschend jede Hilfe zu spät. Einige der anderen anwesenden Lehrpersonen erwähnten, am Morgen einige Personen gesehen zu haben, die in Richtung von Steinmeiers Büro gingen. Ein Arzt schätzte den Todeszeitpunkt auf einige Stunden zurück, wodurch ich, der ich erst kürzlich eingetroffen und mich am Eingang angemeldet hatte, nicht unter Verdacht fiel. Der Verlust von Steinmeier traf mich wie ein Pfeil im Herzen, denn ich hatte im Zuge unserer Zusammenarbeit auch eine tiefe persönliche Freundschaft mit ihm entwickelt. Nichtsdestotrotz verschwieg ich der Polizei die Statuette und unsere Forschung darüber, ich weiss nicht genau warum, wohl weil ich eine starke Vermutung hegte, dass dies einen Bezug zu diesem Attentat hatte; womöglich verschwieg ich es gerade deswegen aus mir selber unverständlichen Gründen.

Nachdem man mich verhört hatte, und Professor Steinmeiers Körper weggetragen worden war, verliess ich sofort die Universität und ging zurück zum kleinen Bahnhof von Thurikon, wo ich in den ersten Zug der kleinen Thurtalbahn stieg, um mich zurück in Richtung Zürich zu begeben. Dort suchte ich das Kunsthaus auf, welches zweifelsohne auf der Notiz des toten Professor Steinmeier gemeint war. Am Empfang fragte ich nach Dr. Hauser, und die Empfangsdame führte mich sogleich in einen hinteren Teil des Gebäudes, bis zu einem Arbeitszimmer, auf dessen Tür ein kleines Messingschild mit der Aufschrift „Dr. Hauser" hing. Die Dame, die mich hierher geleitet hatte, klopfte vorsichtig an und öffnete anschliessend die Tür. Sie bat mich mit einer Geste der Hand hinein.

Das Arbeitszimmer war einfach und minimalistisch eingerichtet, sehr dem Äusseren des modernen Museumsgebäudes entsprechend. An den Wänden standen einige einfache, aber mit Türchen versehene Regale, sodass ich nicht sehen konnte, ob sich Bücher oder etwas anderes darin verbarg. Hinter einem schlichten Schreibtisch sass ein Mann mittleren Alters, er trug einen dunkelbraunen Dreiteiler und eine farblich passende braune Hornbrille. Sein dünnes, hellbraunes Haar war etwas zerzaust, und er schaute mich mit ernstem Gesichtsausdruck an.

„Sie sind?", fragte er.

„Ich... sie kennen mich nicht, ich habe mit Professor Steinmeier zusammengearbeitet", stammelte ich.

„Schickt er sie zu mir?", fragte Dr. Hauser.

„Nun... das ist die Sache...", ich versuchte angemessene Worte zu finden, „Professor Steinmeier weilt nicht mehr unter uns, er wurde heute Morgen tot aufgefunden."

Nun wandelte sich Dr. Hausers ernster Gesichtsausdruck in Sorge und Entsetzen. Er stand von seinem Sessel auf und kam auf mich zu.

„Tot?", fragte er nur. Ich nickte. „Wie ist es geschehen?"

„Es war mit grösster Sicherheit Mord, er wurde erstochen", antwortete ich.

„Weiss man von wem?", fragte Dr. Hauser, worauf ich den Kopf schüttelte.

„Dr. Hauser", begann ich nun, „ich bin zu ihnen gekommen, weil Professor Steinmeier einen Zettel mit ihrem Namen in der Hand hatte, als er gefunden wurde."

Dr. Hauser musterte mich einen Moment lang nachdenklich.

„Ist es möglich, dass sie zusammen mit Steinmeier nach der sogenannten osmanischen Athene geforscht haben?", fragte er schliesslich.

„Ja, genau", sagte ich, „hatte es damit etwas zu tun?"

„Nehmen sie doch erst mal Platz", sagte Dr. Hauser und deutete auf einen Stuhl, dann setzte er sich wieder auf seinen Sessel hinter dem Schreibtisch. „Meine eigenen Forschungen haben sich mit denen von Professor Steinmeier überschnitten, obwohl uns das Beiden lange Zeit nicht bewusst war. Eigentlich sogar mit denen von Professor Yves Romont, mit denen sie sicherlich bekannt sind. Ich gebe zu, ich nahm die Erkenntnisse von Romont nicht sonderlich ernst, er hatte den Ruf, im Alter etwas... nun ja, exzentrisch geworden zu sein. Aber als ich mich endlich ausgiebig mit seinen Aufzeichnungen auseinandersetzte, habe ich eine furchtbare Verbindung aufgestellt.

Sie sehen, ich studierte in letzter Zeit die kanaanitischen Religionen, wir haben auch einige Artefakte hier im Kunsthaus dazu ausgestellt, und wollten dazu beitragen, diese Glaubensrichtungen genauer zu verstehen. Als ich nun die Erkenntnisse von Professor Romont genauer analysierte, sah ich, dass sie sich mit einem erst wenig erforschten Kult übereinzustimmen schien: Dem Kult des Ornamelach."

„Wie bitte?", fragte ich voller erstaunen über diese Enthüllungen.

„Ornamelach", wiederholte Dr. Hauser langsam, „eine ungewöhnliche und wenig dokumentierte Sekte. Eigentlich war uns Professor Romont weit voraus, und wir haben vieles, was er bereits beschrieben hatte, unnötigerweise neu recherchiert. Da sehen sie mal, was der etablierten Persönlichkeiten Arroganz, voreilige Schlüsse zu ziehen aufgrund des Prestiges eines Menschen, oder hier eher die Abwesenheit dessen, für Auswüchse mit sich bringt. Professor Romont hatte alles, was seinerzeit über diesen bizarren Ornamelach-Kult zu finden war, lange vor uns zusammengetragen. Wir haben nur noch einige zusätzliche Belege sowie den Namen des Kultes hinzufügen können."

„Was ist denn an diesem Ornamelach-Kult so sonderbar?", fragte ich.

„Es ist vielleicht nicht so der Kult an sich, wie deren Gottheit Ornamelach, oder genauer noch dessen Artefakte. In den kanaanitischen Schriften wird von unheilvoller Magie gesprochen, die diese Artefakte in sich tragen. Nun gut, die Übersetzungen dieser Texte sind nicht immer ganz eindeutig, aber in den späteren Aufzeichnungen, vor allem denen der römischen Geschichtsschreiber, gibt es ebenfalls sonderbare Erwähnungen." Dr. Hauser suchte unter den vielen Papieren, die auf seinem Schreibtisch lagen, etwas heraus. „Hier, Gaius Flavius schreibt in einer Chronik um das Jahr 100 vor Christus von einem alten Artefakt in Form einer goldenen Statuette, welche ihren Eigentümer besessen haben soll, und ihn zu einer ganzen Mordserie bewegt habe. Gaius Flavius spricht von hunderten Opfern. Er betont auch, dass dieser Mann einen Tag in Lugdunum sein Unwesen trieb, und wenige Tage darauf ein Mörder in Aquileia festgenommen wurde, der später als derselbe Mann erkannt wurde."

„Und das hätte keine Verwechslung sein können?"

„Nun, eine Verwechslung der Person ist zwar möglich, aber zur Zeit der Morde sei dieser Mann völlig missgebildet gewesen sein, obwohl er einst eigentlich ein gesunder Mensch gewesen sei. Er wird nun beschrieben als buckelig, mit verfärbter Haut und verformten Gliedmassen. Und das Wichtigste: Beide Male hatte er dieses Artefakt des Ornamelach mit sich.

Als dieser Mann durch Kreuzigung hingerichtet wurde, so soll er sich selber in der Nacht vom Kreuz gelöst haben, und wurde schliesslich, in scheinbar wahnsinnigen Zustand, von einer Gruppe Soldaten erkannt, wie er auf einer seltsamen Bestie ritt und einen Grenzpunkt überschreiten wollte. Die Soldaten verfolgen ihn zu Ross, und schaffen es, ihn von diesem Biest zu stürzen. Der Sturz bricht ihm das Genick. Das Artefakt, das er zuvor vom Stadthalter zurückgestohlen hatte, soll allerdings nicht mehr auffindbar gewesen sein, und wird auch nicht wieder erwähnt."

„Geradezu unheimlich", murmelte ich vor mich hin, woraufhin Dr. Hauser nickte. Ich kannte diese Chronik nicht, Professor Romont hatte sie scheinbar nicht mit dem Ornamelach-Kult in Verbindung gebracht, zudem er auch den Namen dieses Kultes nicht gekannt hatte.

„Diese Chronik wurde lange Zeit nicht beachtet, weil man so eine phantastische Erzählung nicht einordnen konnte, oder meinte, es sei nur ein Gespinst. Aber Gaius Flavius hat, soweit wir von den wenigen anderen seiner Schriften, wie auch von Erwähnungen seiner, wissen, nur sehr exakte Chroniken geschrieben, es ist kaum denkbar, dass er dann plötzlich solch eine Mär erfinden und als vermeintliche Chronik festhalten würde. Wir gehen deshalb davon aus, dass er zumindest wahrhaftige Berichte festgehalten hat. Was sich tatsächlich zugetragen hat, werden wir wohl nie erfahren.

Die Statuette taucht im Laufe der Geschichte dann erneut auf, und immer in Verbindung mit seltsamen Vorfällen. Da ist natürlich die Überlieferung aus dem osmanischen Reich, welche sie ja von Professor Romonts Forschungen kennen." Dr. Hauser suchte erneut unter seinen Papieren. „Nun haben wir Professor Romonts Recherchen mit einer äusserst verqueren Chronik des Historikers Fakhr al-Khalidi vervollständigen können, und das ist nun wirklich ungeheuerlich: Erneut wird das Artefakt beschrieben, es sei im Besitz eines Paschas gewesen, dessen Name wir nicht kennen. Nun begann die ganze Stadt, in welcher der Pascha lebte und deren Name leider auch nicht überliefert ist, seltsamen Bräuchen zu verfallen, und diesen Pascha als eine Art Halb-

123

gott anzubeten. Ich habe parallel dazu Berichte von Handelskarawanen in der ungefähren Region, wo wir diese Stadt vermuten, welche gnadenlos angegriffen wurden, und die Wenigen, die sich retten konnten, berichteten von seltsamen Tieren, welche sie noch nie gesehen hatten, auf welchen missgebildete Menschen herumreiten, und ihre Leute mit Säbeln und Speeren abschlachteten. Diese Berichte decken sich von der Zeit und der Region her voll und ganz mit der Chronik von Fakhr al-Khalidi, und die Folgerung wäre, dass dies die Leute um den Pascha waren, die ebenfalls vom unheiligen Geist dieser Statuette besessen worden waren.

Schliesslich muss der Sultan eine ganze Armee mobilisieren, um diesem Aufstand Einhalt zu gebieten. Es gibt eine riesige Schlacht mit hunderten oder gar tausenden Toten. In der Stadt überlebt keiner, und was davon noch übrig ist, wird abgebrannt. Aus den Ruinen wird dann der Pascha geborgen, trotz des Feuers noch am Leben. Scheinbar völlig dem Wahnsinn verfallen, soll er hingerichtet werden. Bei der Hinrichtung aber ist der Säbel, mit dem er hätte geköpft werden sollen, einfach an ihm zerbrochen. Er befreit sich, flieht vom Ort der Hinrichtung, und wird nie wieder gesehen, ebenso wenig das Artefakt. Eine Mordserie breitet sich dann von Konstantinopel, wo die Hinrichtung hätte stattfinden sollen, nach Osten aus – dies Letztere war dann auch für Professor Romont der Hinweis auf die Ruhestätte der Statuette, wie sie sicherlich wissen.'

„Richtig", sagte ich, „ich habe dann zusammen mit Professor Steinmeier eine genauere Position definieren können, und den Ort, wo diese Statuette verborgen wäre, auch gefunden."

Dr. Hausers Augen weiteten sich, er sah mit entsetzt an.

„Dann haben sie doch nicht etwa...", fragte er. Bedächtig holte ich nun aus dem Versteck im Futter meines Jacketts schliesslich die osmanische Athene, oder eher das Bildnis des Ornamelach hervor, welche in mir inzwischen nur noch blankes Grauen hervorrief. Dr. Hauser warf sich beim Anblick zurück in seinen Sessel, als suche er den Abstand dieses Objektes, und bekreuzigte sich.

„Himmelherrgott", platzte es aus ihm heraus, „der Ornamelach."

Ich hatte inzwischen selber ein ungutes Gefühl um dieses Artefakt bekommen, schon seit ich es mit mir trug empfand ich daraus etwas abstossendes ausstrahlen. Inzwischen war mir diese Statuette selber nicht mehr geheuer, und ich wünschte beinahe, sie gar nicht gefunden zu haben.

„Nehmen sie sie doch für das Museum", sagte ich, und stellte die Figur auf den Tisch, „ohne Professor Steinmeier werden sie an der Universität Thurikon auch nicht mehr viel damit anfangen können."

„Nein!", sagte Dr. Hauser sofort, „auch die Wissenschaft muss ihre Grenzen haben, wenn es um ein dermassen unheiliges Objekt geht. Sie spüren doch auch, was für eine dunkle Energie von diesem Artefakt aus geht. Ich habe Professor Steinmeier kontaktiert, gerade weil ich ihre Expedition verhindern wollte, aber ich war wohl zu spät. Ich bitte sie, wir müssen den Ornamelach unschädlich machen, bevor wir wieder ein grosses Unheil heraufbeschwören. Versenken sie die Figur im See, nehmen sie einen Dampfer und werfen sie einfach ins Wasser, dort soll sie für immer und ewig vergessen werden."

Ich schaute nun misstrauisch, voller Verachtung auf diese goldene, kleine Figur, welche sich mit ihrer zierlichen weiblichen Erscheinung so unscheinbar einschmeichelte, aber hinter welcher sich tatsächlich ein boshafter Dämon verbarg. Ich sah Dr. Hauser an, der meinen Blick mit gewisser Ratlosigkeit erwiderte, und nahm schliesslich die Statuette zögernd an mich. Ich wollte sie inzwischen gar nicht, hätte sie liebend gern diesen Grabräubern überlassen, dass die sich doch mit Ornamelach ihren Spass haben, oder besser noch, dass sie einfach für immer und ewig verschollen bliebe. Aber in meinem Durst nach Erkenntnis hatte ich nun mal dieses Fass aufgemacht, und musste nun mit dem klar kommen, was sich darin verbarg.

Gedankenversunken verliess ich das Kunsthaus in Richtung der Tramhaltestelle, von wo aus ich beabsichtigte, den Bürkliplatz aufzusuchen, um dann, wie von Dr. Hauser vorgeschlagen, in den ersten Dampfer zu steigen und dieses blasphemische Artefakt auf den Grund des Zürichsees versinken zu lassen. In meiner Unachtsamkeit hatte ich allerdings einen Hinterausgang genommen, und fand mich sogleich in den Gärten, die sich hinter dem Kunsthaus befanden, und die von einer Seitenstrasse begrenzt wurden, wieder. Die plötzliche stille war befremdend, nicht einmal die Automobile oder Strassenbahnen von der nahegelegenen Rämistrasse waren zu hören. Ich schaute um mich, um die Orientierung wiederzufinden, als ich plötzlich von hinten ergriffen und gegen die Wand des Kunsthauses gepresst wurde. Als ich den Kopf drehte, sah ich vor mir Mister Corcoran, der Anführer dieser englischen Halsabschneider, von welchen ich durch meinen zugegeben schamlosen Betrug die Ländereien in der Türkei erstanden hatte. Er war begleitet von seinen üblichen Kumpanen, Mister Sullivan und Mister Williams. Letzterer, dieser Ochse von einem Mann war es, der mich festhielt.

„So, da ist er", sagte Corcoran schleimig, „sie widerwärtige Bastard."

„Was – was wollen sie von mir", sagte ich, eine Frage, auf die ich eigentlich die Antwort kannte.

„Sie haben uns betrogen, *and* wir das mögen gar nicht", sagte Sullivan und griff mich schmerzhaft an den Wangen. „*So you will* uns sagen, wie sie werden bezahlen unser Geschäft, *or else.*"

In diesem Moment schlug mir Williams mit der Faust in den Bauch, dass ich schmerzhaft einknickte.

„Ich... ich habe nichts. Nehmen sie, was sie wollen, ich gebe ihnen alles. Ich habe kein Geld mehr, keinen Besitz."

„*You bastard*", schrie Corcoran mich an, und deutete auf Williams, der mir erneut eine Faust in den Magen verpasste.

„Ich sage es ihnen in aller Ehrlichkeit, ich habe meine Ersparnisse aufgebraucht, Herrgott ich wohne in einer winzigen Wohnung ohne Heizung, was wollen sie denn noch von mir, als ob diese Ländereien so viel wert gewesen wären."

„Das ist nicht die *issue*, sondern dass wir eine Preis ausgemacht hatten, und sie nicht wollten bezahlen. *Sullivan!*"

Sullivan tastete mich ab, nahm meine Brieftasche heraus, und zeigte sie Corcoran, der sah, dass ich nur einige wenige Geldscheine für meinen Tagesgebrauch drin hatte. Dann ertastete Sullivan allerdings die Statuette. Nach langem Gefuchtel schaffte er es, sie aus dem Fach, das ich zwischen Jackett und Futter gebastelt hatte, herauszuholen.

„Sie sagen, sie haben keine *Money*, und was ist *this*?!", fragte Corcoran, und rieb mir die Statuette ins Gesicht. Ich wusste nicht, wie ich reagieren sollte. Einerseits taten sie mir fast schon einen Gefallen, indem sie mir die Statuette wegnahmen, andererseits schien es mir mehr als leichtsinnig, sie einfach in Händen von irgendjemandem, der nicht einmal wusste, was er da in Händen hielt, zu lassen.

„Die ist nichts wert," sagte ich, „und sie können sie gar nicht verkaufen, es gibt doch keine Käufer für so etwas." Ich erntete eine Ohrfeige von Corcoran.

„Sie haben wirklich ein grosse Glück, dass ich bin so ein guter Mensch, denn ich werde sie am Leben lassen, um mir nicht die Hände dreckig zu machen. *Don't try this again*, nächstes Mal bin ich nicht so nett."

Williams verpasste mir noch einen weiteren Hieb in die Seite, und liess mich dann los. Ich fiel vor Schmerz auf die Knie, während die Engländer sich mit dem Artefakt des Ornamelach entfernten.

4

Ich war auf dem Weg zurück nach Thurikon, und betrachtete durch die Fenster des kleinen, roten Zuges der Thurtalbahn fast wie hypnotisiert den namensgebenden Fluss Thur. Ich dachte über die widersprüchlichen Gefühle nach, die sich in mir breit gemacht hatten, denn so sehr ich erleichtert war, diese Statuette nicht mehr an mir zu tragen, nicht mehr ihren grotesken geistigen Einfluss zu spüren, so grauste es mir zu bedenken, was dieser Dämon Ornamelach mit seinem neuen Träger anrichten würde, mit jemandem, der nicht wusste was für ein Artefakt er nun besass, und auch diesem Einfluss womöglich nicht widerstehen würde. Zugleich verzweifelte ich daran zu denken, wie ich die Statuette von diesen brutalen Halsabschneidern wieder zurückerlangen sollte.

Doch damit nicht genug, erlitt ich eine weitere unangenehme Überraschung, als ich meine kleine Wohnung eintrat, und tatsächlich die drei Grabräuber antraf, mit welchen ich in der Türkei eine unangenehme Bekanntschaft gemacht hatte, der Dicke mit den Knopfaugen, der schlaksige Franzose, und der kleine Österreicher mit den kugelrunden Augen, der auch nun wieder mit seinem kleinen, scharfen Messer spielte. Sie sassen auf den wenigen Möbeln herum, die ich besass, und hatten offenbar auf mich gewartet. Auch war alles durchwühlt, wahrscheinlich hatten sie die Wohnung durchsucht.

„Da ist er ja", sagte der Dicke, „wir haben auf sie gewartet."

Ich wusste nicht einmal mehr, was ich noch sagen konnte, es schien die ganze Situation ging nur noch den Bach runter.

„Wo ist sie?", fragte der Franzose und ging bedrohlich auf mich zu, „wo 'aben sie unsere *Athène?"*

„Ist doch jetzt auch egal", sagte der Österreicher, „lassen's mich doch einfach ihn abstechen, Chef." Er deutete mit dem kleinen Messer auf mich.

Der Dicke griff mich an der Gurgel, obwohl er einen halben Kopf kleiner war als ich, hatte er unglaubliche Kraft in seinen Wurstfingern. Er drückte mich an die Wand und hob meinen Kopf, dass ich auf Zehenspitzen stehen musste.

„Ist ja gut, ich rede", sagte ich, „ich habe sie ja gar nicht mehr!"

Der Dicke liess mich nicht los, und machte noch stärkeren Druck auf meinen Hals.

„Lüge."

„Ich lüge nicht, eine Gruppe von Engländern haben sie mir abgeknöpft, weil ich sie um das Grundstück betrogen hatte."

Der Dicke sah mich mit verengten Augen an.

„Engländer?", fragte er

„Ja doch, diese Halsabschneider die mich schon in der Türkei verfolgt hatten. Mit denen ihr euch geprügelt habt. Der eine heisst, ähm... Corcoran, nannte er sich. Mister Corcoran. Und die anderen waren Sullivan und Williams. Ich weiss nicht einmal, ob das ihre echten Namen sind. Sie tragen alle irgendwelche lächerlichen Bärte, und Williams ist fast zwei Meter gross."

Überraschenderweise ging der Franzose auf den Dicken zu, als er das hörte, und griff ihn an der Schulter.

„Chef, isch 'abe ihnen doch gesagt in die Hotel, dass diese drei englisch Witzfiguren misch erinnerten an die, die mir verpasst die blaue Auge!"

Der Dicke sah erst den Franzosen an, dann mich. Er löste seinen Griff ein Wenig, und ich konnte wieder auf dem Boden stehen.

„Von mir aus können sie dieses verdammte Ding doch haben, ich will es gar nicht mehr", sagte ich, „es hat mir nichts als Ärger gebracht, und diese verfluchten Engländer haben es jetzt, sie müssen sie von denen holen. Ich habe ihnen doch fast schon einen Gefallen getan, sie haben die Statuette ja selber nicht finden können."

Vom Blick, den der Dicke dem Franzosen gab, meinte ich, dass er mir Recht geben wollte.

„Also gut, dann holen wir dieses Ding endlich", sagte der Dicke.

„Und wir lassen den hier einfach laufen?", fragte der Österreicher.

„Hör endlich auf alle abstechen zu wollen, Peter, das lenkt nur unnötig Aufmerksamkeit auf uns. Und wenn wir die Statuette nicht finden, werden wir schon noch mit ihm abrechnen", sagte der Dicke, und deutete auf die Tür. Sie verliessen alle eilig die Wohnung. Es schien der Tag zu sein, an dem alle Gauner mich aufsuchten, und sich irgendwie auch meiner erbarmten.

Ich wusste nun nicht, wie das ganze nunmehr ausgehen sollte, dass die Grabräuber nun vielleicht an das Ornamelach-Artefakt kämen war ja auch keine Lösung, doch ebenso wenig wusste ich, was ich gegen diese ganzen Schurken überhaupt noch tun konnte. Ich sah keinen Ausweg, und meinte, dass das Schicksal wohl seinen Lauf nehmen müsste. Zugleich machte es mir sorgen, wie sich meine Zukunft an der Universität Thurikon gestalten würde, zumal der Professor, für den ich die letzten Jahre als Assistent gearbeitet hatte, nun dahingeschieden war.

Am nächsten Morgen, nach einer unruhigen Nacht, begrüsste mich die Zeitung „Der Bote von Thurikon" mit einer morbiden Nachricht über einen brutalen Mehrfachmord in Zürich. Eigentlich nichts sonderbares, da sich dieser menschliche Unrat, der sich gern Journalist schimpfte, immerzu mit grösstem Detail auf jede solche brutale Tat stürzte, während wirklich bedeutsame Geschehnisse in Politik, Wirtschaft oder Kultur bestenfalls nebenbei erwähnt wurden. Dieser Artikel fing allerdings trotzdem meinen Blick:

BRUTALER MORD MITTEN IN ZÜRICH!

EINE GRUPPE VON ARCHÄOLOGEN WURDEN IM HOTEL ST. GOTTHARD TOT AUFGEFUNDEN.

DIE NACHRICHT ERREICHTE UNS KURZ VOR REDAKTIONSSCHLUSS. DREI MÄNNER, DEREN IDENTITÄTEN VON DER POLIZEI NICHT BEKANNT GEGEBEN WORDEN SIND, ABER VON DENEN DIESES BLATT DANK VERTRAULICHER QUELLEN AUS DEM HOTEL WEISS, DASS ES SICH UM EINEN DEUTSCHEN, EINEN FRANZOSEN UND EINEN ÖSTERREICHER HANDELT, WELCHE ALS ARCHÄOLOGEN TÄTIG GEWESEN SEIN SOLLEN, SIND IN IHREM ZIMMER ERMORDET WORDEN.

DIE KÖRPER DER OPFER WURDEN ALLESAMT AUSGEWEIDET, IHRE INNEREIEN IM GANZEN RAUM VERSTREUT, IHRE GESICHTER ZERRISSEN. DAS BILD, WELCHES AUFGEFUNDEN WURDE, WAR DERART GRAUSAM, DASS WIR AUS GESETZLICHEN GRÜNDEN KEINE PHOTOGRAPHIE DAVON VERÖFFENTLICHEN KÖNNEN. DIE POLIZEI HAT ZUM ZEITPUNKT DES REDAKTIONSSCHLUSSES NOCH KEINEN ANHALTSPUNKT ÜBER MÖGLICHE TÄTER ODER MOTIVE.

Die Erwähnung der Nationalitäten der Ermordeten war genug Information, als dass ich genau wusste, dass es die Grabräuber waren, die hier eindeutig Opfer des Ornamelach geworden waren. In meiner Verzweiflung und Ohnmacht, da ich nun erst wirklich sah, welches Übel ich über die Welt gebracht hatte, wusste ich nichts Besseres als Dr. Hauser erneut aufzusuchen, die einzige andere Person, die verstehen würde, was vor sich ging, und ihn um Hilfe zu bitten.

Als ich zum kleinen Bahnhof von Thurikon kam, sah ich wie gerade der Zug losfuhr, so musste ich weitere zwei Stunden warten und erreichte Zürich erst am Nachmittag. Am Bahnhof Stadelhofen wurde ich von den Rufen der Zeitungsjungen überrascht, die eine Extraausgabe ankündigten. Ich hatte sofort ein ungutes Gefühl, welches auch sehr schnell bestätigt wurde als ich mir ein Blatt kaufte und darin las:

ERNEUT BLUTIGER MEHRFACHMORD IN ZÜRICH!

AM HELLICHTEN TAG WURDEN ZWEI MÄNNER AUF DEM ZWINGLIPLATZ BRUTAL ERMORDET.

DIREKT HINTER DEM GROSSMÜNSTER, IM HERZEN DER ALTSTADT, WURDEN HEUTE AM SPÄTEN MORGEN DIE ZWEI TOTEN AUFGEFUNDEN, BEI DENEN ES SICH SCHEINBAR UM AUSLÄNDISCHE GESCHÄFTSLEUTE HANDELT. BEIDE KÖRPER, EINER VON DURCHSCHNITTLICHER GRÖSSE, DER ANDERE FAST ZWEI METER GROSS, WAREN AUSGEWEIDET WORDEN, UND INNEREIEN UM DEN GANZEN PLATZ VERSTREUT. DIE POLIZEI HAT EINEN GANZEN UMKREIS UM DEN ZWINGLIPLATZ ABGESPERRT. DAS GROSSMÜNSTER SOLLTE GEGEN ABEND WIEDER ZUGÄNGLICH SEIN, WENN ALLE SPUREN GESICHERT WORDEN SIND, UND DER TATORT GEREINIGT WURDE.

SELTSAM AN DIESEM VERBRECHEN IST, DASS ES KEINE AUGENZEUGEN GEGEBEN HAT, UND AUCH DIE NACHBARN NICHTS GEHÖRT ODER GESEHEN

HABEN WOLLEN. AUCH VERBLÜFFT DIE ÄHNLICHKEIT ZUM MEHRFACHMORD AM LETZTEN ABEND, BEI WELCHEM DIE POLIZEI SCHEINBAR NOCH IMMER IM DUNKELN TAPPT. ES SEI WOHL ZU ERWARTEN, DASS ZWISCHEN DEN TATEN EIN ZUSAMMENHANG BESTEHT. DIE POLIZEI HAT BEREITS ANGEKÜNDIGT, DASS DIE PATROUILLEN IN DER STADT MIT SOFORTIGER WIRKUNG VERSCHÄRFT WERDEN, UM DIE SICHERHEIT DER BÜRGER ZU GEWÄHRLEISTEN.

Der Grosse, das musste Mister Williams sein, der andere wahrscheinlich Sullivan. Ich ging davon aus, dass Corcoran, als Anführer der dreien, die Statuette an sich genommen hatte, und durch dessen blasphemischen Einfluss nun zu diesen Taten getrieben wurde. Erst hatte er die Grabräuber und nun seine eigenen Kumpane umgebracht. Ich wollte mir nicht ausmalen, was als nächstes passieren würde.

Ich suchte Dr. Hauser auf, der zum Glück im Kunsthaus zu finden war. Ich zeigte ihm die beiden Zeitungen, mit den Beschreibungen der Mordfälle, und erklärte ihm was mir mit den Engländern und danach mit den Grabräubern geschehen war. Er nickte verdrossen, schaute mich an und zuckte mit den Schultern.

„Ich habe das gleiche gedacht, als ich die Nachrichten sah", sagte er, „das sieht ganz und gar nach dem abscheulichen Werk des Ornamelach aus."

„Aber um Himmels willen, was können wir den tun?", fragte ich verzweifelt.

„Ich weiss es nicht", sagte er, „ich denke, das ist nicht, was sie hören wollen."

„Wahrhaftig nicht. Dr. Hauser, ich komme einfach nicht drum herum, dass das alles auf meinem Mist gewachsen ist, weil ich diese verfluchte Statuette gesucht habe."

„Sehen sie, wenn es sie nicht gewesen wären, wäre es jemand anders gewesen. Sie haben doch selber gesagt, dass diese Grabräuber, 'Archäologen' heisst es in der Zeitung, die osmanische Athene gesucht haben. Es ist wohl der unaufhaltsame Lauf des Schicksals, dass unsere Welt immer und immer wieder von diesem Dämon heimgesucht wird."

„Und jetzt sitzen wir einfach hier, während Blutbad um Blutbad geschieht?", fragte ich wütend.

„Haben sie denn eine bessere Idee? Dann bitte", antwortete Dr. Hauser gereizt. Wir wurden von einem Geräusch draussen im Gang unterbrochen, es klang, als wäre etwas zerbrochen. Dr. Hauser stand verschreckt auf und lief hinaus, ich ihm hinterher. Am Ende des Ganges sahen wir eine Person liegen, es war eine der Assistentinnen, neben ihr lag ein Tablett und zerbrochenes Porzellan, wohl von einer Teekanne und einigen Tassen und Untertassen. Über ihr kniete ein Mann, den ich aus der Ferne nicht sofort erkannte, sein Eindruck war aber furchterregend, zottig, seine Kleidung zerrissen, seine Haut blass-grünlich, und er bewegte sich fast schon wie ein wildes Tier. Wir sahen, wie er mit den Fingern die Frau in kürzester Zeit zerkratzte und zerriss, woraufhin Blut und Innereien umher spritzten.

Dr. Hauser und ich erstarrten beide, ungläubig vor diesem horrenden Anblick. Dann erhob diese Gestalt das Gesicht und schaute auf uns. Mir fiel das Herz in die Hose. Sie lief sogleich auf uns zu, ich wollte fliehen, doch meine Beine reagierten nicht. Die Person hielt plötzlich unter seltsamen Zuckungen einige Meter vor uns ein, und ich konnte nun erkennen, dass es sich um Mister Corcoran handelte, obgleich er schwer zu erkennen war: Nicht nur war seine Erscheinung völlig ungepflegt und seine Haut fast schon von grüner Farbe, sein Gesicht war entstellt, ein Auge schien seine Position verschoben zu haben, und Geschwülste prägten sein Antlitz. Auch der Rest seines Körpers war schief und ungleichgewichtig, trotzdem aber war er mit der Geschicktheit einer Katze auf uns zu gerannt. In seiner linken Hand hielt er die Statuette des Ornamelach.

„*It's you*", sagte er und starrte mich mit leerem Gesichtsausdruck an, „*please* helfen sie mir, helfen sie mir bitte."

„Mister Corcoran?", fragte ich nur. Er zuckte immer wieder, als wollte er sich bewegen, aber sich selber gleichzeitig davon abhielt. Dann wandelte sich sein Gesichtsausdruck, zu einer blutrünstigen, hasserfüllten Visage, welche mich mein Leben lang in Alpträumen verfolgen wird.

„*R'bet 'anat esch tagerch aliyn Ornamelach*", sagte er guttural und keuchend in einer Sprache, die ich nicht verstand, und die klang, als wäre sie direkt aus der Hölle geboren. Dr. Hauser Zerrte mich aus meiner Benommenheit, und wir flohen vor dieser Bestie, die uns sogleich hinterherlief.

Wir liefen so schnell wir konnten, und drehten dann nach links in einen Raum des Museums, um den besessenen Corcoran irgendwie abzuhängen, was aber unmöglich erschien, denn er lief viel schneller als wir. Als wir im nächsten Gang um die Ecke bogen, sahen wir ihn plötzlich vor uns, was doch unmöglich gewesen wäre, so war er gerade eben noch hinter uns gewesen. Er stand zuckend und geifernd inmitten eines Raumes, in welchem bizarre alte Artefakte in gläsernen Vitrinen vorgeführt wurden. Dr. Hauser lief zurück, doch ich rutschte auf dem glatten Marmorfussboden aus und fiel hin. Dr. Hauser hielt ein, doch ich rief ihm zu, er solle sich selber retten. Es hatte keinen Sinn, dass wir Beide dem Ornamelach zum Opfer fielen.

Corcoran kam auf mich zu, und wollte mir mit seinen zu Klauen verformten Fingern einen Hieb verpassen, ich zuckte und hob reflexartig meine Arme zum Schutz, doch erneut hielt er inne, nur wenige Zentimeter vor meinem Hals, und sein Gesichtsausdruck wandelte sich erneut zu einer leeren Starre.

„*Please help me... the pain...*", stammelte er. Ich versuchte mich zu entfernen, er fiel auf die Knie. Wenig später zuckte er erneut, sprang sofort wieder auf, und drehte sich zu mir. Mit grossen Schritten kam er auf mich zu, als er plötzlich erschrak. Etwas schien ihm plötzlich ein ungeheures Entsetzen zu bereiten. Ich folgte seinem Blick, der nun nicht mehr auf mich, sondern an mir vorbei gerichtet war, und sah eine kleine Lehmfigur in einer Vitrine. Mit dem Ellenbogen zerschmetterte ich das Glas, welches mir mehrfach in den Arm schnitt, und griff die Lehmfigur, welche humanoide Gestalt abzubilden schien.

Corcoran gab in dem Moment ein markerschütterndes Kreischen von sich, und je mehr ich die Lehmfigur in seine Nähe brachte, umso mehr schien es ihn zu verstören. Er lief langsam rückwärts, ich ging derweil auf ihn zu, und hielt ihm die Figur fast schon ins Gesicht. Irgendwann fiel er rückwärts auf den Boden, und schrie immer mehr und mehr. Letztendlich hob er die Statuette des Ornamelach, und begann mit aller Kraft auf seinen eigenen Schädel damit einzuprügeln. Er zerschmetterte seinen eigenen Kopf mit der Statuette, bis sein Blut und Gehirn daraus hervorquollen. Sein Kopf war schon vollkommen zerfetzt, doch er schlug noch immer darauf ein. Irgendwann fiel sein Oberkörper nach vorn auf den Boden, und er blieb tot liegen.

Es schien mir, ich stand eine halbe Ewigkeit in Schockstarre verfallen dort, und betrachtete nur dieses groteske Bild des toten, verformten Corcoran, als Dr. Hauser mit einigen Polizisten zu mir zurückgerannt kam. Er lief auf mich zu und griff mich besorgt am Arm.

„Geht es ihnen gut? Was ist passiert?"

„Er... er... hat sich einfach... selber... mit der Statuette... den Kopf...", stotterte ich. Ich lief sofort rüber in eine Ecke und übergab mich. Als ich mich wieder beruhigt hatte, und die Schnitte an meinem Arm verbunden waren, erklärte ich Dr. Hauser und der Polizei, was geschehen war.

„Ich habe ihn gar nicht angerührt. Er hat einfach angefangen, sich selber den Schädel zu zerschmettern."

„Hat irgendetwas dieses Verhalten ausgelöst?", fragte Dr. Hauser.

„Ja, diese Lehmfigur", ich zeigte ihm die Figur, die ich aus der Vitrine entwendet hatte.

„Das ist eine Figur der Göttin Anat", sagte Dr. Hauser und betrachtete die kleine Lehmfigur, „das ist eine kanaanitische Gottheit. Sie wissen noch, ich erwähnte, dass ich mich mit Professor Romonts Recherchen beschäftigt hatte, das war, weil wir diese Objekte hier erhalten hatten. Es scheint, der Anblick der Anat hat den Ornamelach zum Wahnsinn getrieben. Zumindest – mehr als zuvor."

Nachdem die Polizei uns vernommen hatte, übergaben sie die Statuette des Ornamelach an Dr. Hauser, der sie zögernd an sich nahm, im Denken, dass diese aus dem Museum entwendet worden war. Dr. Hauser bestritt diese Falschheit nicht. Als die Polizei uns gehen liess, wandte er sich schliesslich an mich.

„Sie fragen sich wahrscheinlich, warum ich die Statuette angenommen habe", sagte er.

„Ich habe einen Verdacht", antwortete ich.

Dr. Hauser packte die Statuette in eine kleine, eiserne Truhe, die er dann verschloss. Wir machten uns dann auf zur Anlegestelle Bürkliplatz, wo wir Fahrkarten für das nächste Dampfschiff, die DS Stadt Rapperswil, kauften. An diesem kalten Tag gab es wenige Leute auf dem Schiff, und die meisten befanden sich drinnen im Salon, während wir draussen auf einer Bank sassen, die sich an der Seite des Salons, hinter dem Schaufelrad befand. Dr. Hauser übergab mir die Truhe. Nach einer Weile erreichten wir eine Stelle, mitten auf dem See, die wir für geeignet empfanden. Ich hielt die Truhe über die Reling. Doch ich zögerte. Ich war nicht bereit, den Ornamelach einfach so zu versenken. Mein Kopf sagte ja, doch mein Körper gehorchte nicht. Ich wollte die Statuette für mich.

Dr. Hauser schlug mir plötzlich gezielt auf die Handgelenke, woraufhin die Truhe meinen Händen entglitt und ins Wasser fiel, wo sie sogleich versank. Einen Moment lang überlegte ich allen Ernstes, hinterher zu springen, doch das kalte Wasser wäre wohl mein Tod durch eine Lungenentzündung gewesen. Stattdessen drehte ich mich zu Dr. Hauser und verpasste ihm einen Fausthieb ins Gesicht, dass er zu Boden ging. Einen Augenblick später bereute ich, was ich getan hatte. Ich verstand nicht, was über mich gekommen war.

„Um Gottes Willen, Entschuldigung", sagte ich und half ihm hoch, „ich weiss nicht, was passiert ist, das wollte ich nicht, glauben sie mir."

Dr. Hauser rieb sich die Wange, die ich geschlagen hatte.

„Ich glaube, ich weiss, woran es lag. Deshalb hatte ich ihnen die Truhe zum Versenken gegeben. Ist schon gut, ich nehme es ihnen nicht übel. Der Ornamelach ist jetzt weg."

So endete dieses Erlebnis, und war der Ornamelach womöglich für immer verschollen, denn nur ich und Dr. Hauser kennen dieses Geheimnis. Doch meine Gedanken sind noch immer bei diesem Artefakt. Ich bereue letztlich doch, dass ich es so voreilig im See versenkt habe. Und ich überlege nunmehr, wie ich wieder drankommen könnte. Ich muss die Statuette bergen und für mich haben. Und irgendwann, werde ich meine Finger erneut darauflegen.

R'bet 'anat esch tagerch aliyn Ornamelach.

POLYBIUS

1

Der Patient, der bis heute nicht identifiziert werden konnte, scheint blind und taub zu sein. Da er einwandfrei verbalisiert und sich auch visuell ausdrücken kann, ist davon auszugehen, dass Blindheit und Taubheit später im Leben aufgetreten sind. Die meiste Zeit ist der Patient kaum zurechnungsfähig, er scheint zu halluzinieren, beschreibt aberrante Bilder und reagiert auf Impulse, die nicht wahrzunehmen sind. Zeitweise ist flüssige Konversation mit dem Patienten möglich. Es war über mehrere Monate möglich, ihn Braille-Schrift zu lehren, um mit ihm zu kommunizieren. Er antwortet verbal und scheint ein exzellentes Erinnerungsvermögen zu besitzen. Durch Befragung haben wir versucht, seine Identität und Herkunft zu klären. Die Konversationen sind hier wiedergegeben:

Ich erinnere mich noch an den 7. Juni 2006, es war ein Mittwoch, das weiss ich. Ich hatte ein gutes Geschäft mit einer kleinen Speditionsfirma gemacht. Dafür habe ich über einen Bekannten ein Lagerhaus gemietet, er hat mir einen guten Preis gemacht, weil es an einer etwas ungünstigen Stelle steht, ausserhalb von Winterthur. Deshalb war es wohl auch, dass es seit über zwanzig Jahren leer stand.

Das kleine Industriequartier war gänzlich umzäunt, am einzigen Eingang traf ich den Wärter, ein älterer Herr. Ein netter Mann, der mich gleich zu meinem Lagerhaus geführt hat. Während des kurzen Fussweges habe ich ihn darüber befragt, er erklärte mir, das letzte Mal sei das Lager in den frühen achtziger Jahren von einer amerikanischen Firma aus Portland verwendet worden. Niemand wusste viel über diese Firma, sie war äusserst diskret, Lieferungen kamen in unmarkierten Lastwagen oder Kleintransportern. Einmal hatte er gesehen, wie eine Kiste, etwa zwei Meter gross und einen Meter lang und breit abgeladen wurde, mitten in der Nacht. Überhaupt wurden die Lieferungen dieser Firma immer nur in der Nacht abgewickelt, nie bei Tag. Die Arbeiter kamen in schwarzen Ganzkörperanzügen, die Angestellten trugen stets dunkle Anzüge. Sie grüssten nicht, sprachen überhaupt mit niemandem ein Wort, zeigten beim Ankommen und Abfahren einfach ihre Dokumente. Untereinander flüsterten sie, und er konnte nicht einmal wissen, welche Sprache sie denn sprachen.

Eines Tages, so hatte er mitbekommen, hatte diese Firma kurzerhand den Vertrag gekündigt, auch noch eine Auszahlung vorgenommen, weil es eine vorzeitige Kündigung war. Es wurde gemunkelt, dass sie sehr überstürzt das Lagerhaus aufgegeben hatten, weil drinnen noch irgendetwas gelagert war. Soweit er wusste, wurden diese letzten Güter nie geräumt, sie müssten wohl noch immer dort liegen. Kein guter Ausblick für mich, dass ich das Lagerhaus wohl selber noch räumen müsse, das war wohl der Haken an dem guten Geschäft.

Das Lager war ein unscheinbarer, altmodischer Industriebau aus roten Ziegeln, fast ohne Tageslicht bis auf einige sehr hoch gelegene Fenster. Der Wärter öffnete mir das blecherne Rolltor, und ich war eigentlich positiv überrascht, dass die Halle viel leerer war, als ich erwartet hatte. Neben einigen Metallregalen und kleineren Kisten und Kartonagen gab es nur eine grosse Holzkiste. Ich wollte schauen, was drin war, dann wüsste ich auch, wie teuer die Entsorgung sein würde. Da die Kiste zugenagelt war, bat ich den Wärter um ein Brecheisen. Während er dieses auftrieb, betrachtete ich diese grosse Kiste, sie war sicher um die zwei Meter hoch, und etwa einen Meter breit und tief. Darauf stand nur „Fragile" mit dem Piktogramm eines zerbrochenen

Glases, um darauf hinzuweisen, dass es zerbrechlich war. An einer Seite fand ich einen Frachtbrief angeheftet, er war schon vergilbt von den Jahren. Ich konnte darauf ersehen, dass die Kiste im September 1982 von Portland in den USA hierher geliefert worden war. Der Name der Firma war nicht mehr ganz erkennbar, nur ---*neslo*---*en* konnte ich erkennen, woraus ich keinen Sinn zu stiften wusste.

Als der Wärter mit dem Brecheisen zurückkam, machte ich mich daran, sie zu öffnen. Ich hatte noch nie eine Holzkiste geöffnet, ich arbeitete in der Spedition, nicht in Verpackung oder ähnlichem. Mit etwas Mühe konnte ich dann die Vorderseite aufbrechen. Sie viel fast auf mich drauf, ich konnte gerade noch ausweichen und einen harten Schlag verhindern. In der Kiste fand ich einen alten Arkade-Automaten auf, ein schwarzer Kasten mit einem Röhrenbildschirm eingebaut, und vorne einer Bedienungsoberfläche mit einem Joystick und zwei roten Knöpfen. Wohl ein Videospiel aus den 80er Jahren, auffällig war allerdings, dass der Automat fast gänzlich schwarz war, ohne jegliche Bilder darauf, die das Spiel anwarben, wie es ja sonst üblich gewesen war. Vorne, oberhalb des Bildschirms, stand in weisser Schrift „New Game", unten gab es den Mechanismus für den Münzeinwurf. Das Gerät war ein wenig staubig, aber sonst in makellosem Zustand. Der Stecker allerdings ein amerikanischer, somit konnte ich das Gerät nicht anschliessen, um zu sehen, ob es womöglich noch funktionierte. Ausserdem wies ein kleiner Aufkleber neben dem Netzkabel darauf hin, dass es mit 110 Volt und 60 Herz betrieben werden musste.

Ich konnte zwar nichts mit diesem Gerät anfangen, aber es schien mir eine Schande, es einfach so zu entsorgen, dachte ich. Teuer wäre es auch geworden. Stattdessen dachte ich an einen alten Schulkollegen, Eduard Zehnder, der sich zumal mit solchen alten Gerätschaften beschäftigte. Hauptberuflich war er für die Informatik an der Universität Thurikon, nicht weit von hier, zuständig. Ich rief in per Mobiltelefon an, und er erklärte sich sofort bereit, den Spielautomaten abzuholen, im Austausch dafür, dass er ihn auch behalten könne.

Noch an demselben Nachmittag kam er mit einem Lieferwagen, den er von seiner Arbeit an der Universität ausgeliehen hatte, vorbei, um das Gerät abzuholen. Zu zweit schafften wir es, mit viel Muskelkraft den Spielautomaten dort hineinzuladen. Die übriggebliebene Holzkiste nahm ich über den Rest des Nachmittags auseinander und zerkleinerte die Holzlatten, sodass ich den ganzen Restmüll in meinem Kleinwagen zur Verbrennungsanlage bringen konnte.

Zwei Tage später, am Freitag, den 9. Juni, bekam ich einen Telefonanruf von Eduard. Er erzählte mir, mit unerwarteter Ekstase in der Stimme, dass er das Spiel tatsächlich zum Laufen gebracht hatte, und dass ich es mir unbedingt ansehen sollte. Eigentlich hatte ich kein grosses Interesse an Videospielen, aber er bestand mit Nachdruck darauf, dass ich es sehen musste. Ich fühlte mich ein wenig verpflichtet, da er mir schliesslich geholfen hatte, dieses Riesenteil loszuwerden, und so sagte ich schliesslich zu.

Am folgenden Tag fuhr ich in das Universitätsstädtchen Thurikon, wo mein Freund Eduard in einem kleinen Einfamilienhaus etwas ausserhalb des Ortskerns wohnte. Da es ein sonniger Frühsommertag war, setzten wir uns in den Vorgarten. Mir fiel sogleich seine Erscheinung auf, denn hatte er am Tag davor am Telefon noch freudig und motiviert geklungen, so sah er nun blass und müde aus, mit auffälligen Augenringen unter den Augen. Er war auch etwas abwesend und wurde leicht abgelenkt, er hielt kaum die Aufmerksamkeit, wenn ich mit ihm sprach. Seine Hände zitterten ein wenig, er bewegte sich unkoordiniert, einmal kippte er mir ein Glas über die Hose, worin sich zum Glück nur Wasser befand, das bald trocknete.

„Ist alles in Ordnung? Du siehst so fertig aus", sagte ich.

„Ja, sicher doch. Alles gut. Ich habe nur… ähm… schlecht geschlafen gestern. Oder wenig geschlafen", meinte er.

„Du wolltest mir doch diesen Videospiel-Automaten zeigen, den du zum Laufen gebracht hast."

„Ach so. Nun... ja, ich könnte ihn dir gerne zeigen. Wenn du willst", sagte Eduard wenig motiviert. Er schien der Sache plötzlich keine Bedeutung mehr zu geben. Ich hingegen war nach seiner Euphorie am Vortag doch ein wenig neugierig geworden, und bestand schliesslich drauf, das Gerät mal zu sehen.

Er führte mich in die Garage neben dem Haus, welche er, da er selber kein Auto hatte, stattdessen als Werkstatt verwendete. Mitten im

Raum stand der Videospielautomat. Eduard deutete darauf, ohne etwas zu sagen, und ich trat näher. Mir fiel genau davor, auf dem Zementboden, ein gelblicher Fleck auf, und es roch dort auch etwas säuerlich. Ich nahm an, er habe wohl irgendetwas dort verschüttet, wie er ja auch heute etwas zittrig gewesen war. Dann deutete er noch auf ein kleines Gerät dahinter.

„Das da... für die Spannung und die richtige Frequenz. Habe... aus der Universität, haben gesagt ich könne mitnehmen", erklärte er.

„Kannst du es anschalten?", fragte ich. Er starrte mich einige Sekunden an, dann nickte er, und betätigte einen Schalter an der Hinterseite. Der Röhrenbildschirm brauchte einen Augenblick, um ein erkennbares Bild zu ergeben, wenig später erschienen dann darauf die Buchstaben „POLYBIUS" in dicker, blasenartiger Schrift; erst bildete sich davon der Umriss, dann füllten sie sich mit einer hellen türkisenen Färbung, welche mich aufs erste blendete. Unten stand in blauer Schrift der Urheberrechtshinweis „(C) 1981 SINNESLOESCHEN", darunter in roter Schrift

„– INSERT COIN –".

„Münzeinwurf habe ich überbrückt. Mit dem Schalter", sagte er, und deutete auf einen kleinen Knopf, der nur an Kabel hängend aus dem Loch hing, wo zuvor die metallene Abdeckung mit dem Münzschlitz gewesen war. Ich drückte den Knopf, und das Bild reagierte sogleich, es wurde schwarz, dann begann das Spiel.

Ich kann mich nicht genau erinnern, wie das Spiel ablief, nur dass es aus abstrakten Formen, Linien und Kreisen bestand, welche sich ineinander drehten. Es war sehr einfach und instinktiv es zu spielen, so sehr, dass ich sofort darin versunken war, und eine ganze Weile damit spielte. Alles um mich herum schien völlig ausgeblendet während ich spielte, als gäbe es plötzlich nichts anderes mehr in meiner Wahrnehmung als dieses Spiel.

Ich meinte, vielleicht fünf oder zehn Minuten damit gespielt zu haben, als ich mich vom Automaten kurz entfernte, weil mein Rücken von der gekrümmten Position schmerzte. Ich sah mich nach Eduard um, doch er war nicht mehr in der Garage. Ich schaltete das Videospiel mit dem Schalter an der Hinterseite aus, und verliess die Garage, um ihn zu suchen. Als ich ins Haus kam, sah ich durch das Fenster, dass es dunkel geworden war. Ich verstand nicht, wie das sein konnte, ich hatte ja nur eine kurze Weile gespielt, und als wir in die Garage gegangen waren, war es ja erst Mittag gewesen. Ich suchte weiter Eduard und fand ihn auf dem Sofa liegend. Er war offenbar eingeschlafen. Da er den ganzen Tag einen müden Eindruck gemacht hatte, wollte ich ihn nicht wecken, stattdessen schrieb ich auf ein Papier von einem kleinen Block, der mit einem Magneten am Kühlschrank hing, eine kurze Notiz: *Wollte dich nicht wecken, sahst müde aus. Danke für die Einladung und dass du mir das Spiel gezeigt hast.*

2

Zwei Tage später wurde ich von einem Anruf geweckt, in welchem man mir mitteilte, dass in das Lagerhaus eingebrochen worden war. Ich war nicht gerade in grosser Sorge, da es ja sowieso leer stand, aber es war ein schlechtes Zeichen, dass man da so leicht einbrechen könnte, wenn denn einstmals etwas Wertvolles darin gelagert sein sollte. Gerade um die Zeit etwa, begannen meine Aussetzer. So meinte ich, es sei schon Tag gewesen, als der Anruf kam, doch als ich auflegte, war es finstere Nacht. Ich fuhr nach Winterthur hinaus, um die Schäden zwecks des Berichtes für die Versicherung zu notieren, doch an die Zeit, zwischen dem Anruf und meiner Ankunft, kann ich mich nicht erinnern. Der Einbruch war an sich nicht schlimm, ein Fenster wurde zerbrochen. Seltsam war, dass der Wachmann nichts gehört hatte, obwohl der Ort vor allem nachts sehr ruhig sein sollte. Ich entschied, Einbruchsgitter und eine Alarmanlage einbauen zu lassen, damit das Lagerhaus in Zukunft abgesichert wäre.

Wo ich schon dort hinausgefahren war, dachte ich, ich könnte meinen Freund Eduard kurz grüssen und sehen, wie es ihm ging. Er hatte ja das letzte Mal den Eindruck gemacht, nicht ganz er selbst zu sein. Ich stieg in mein Auto, um nach Thurikon hinauszufahren, und sah während der Fahrt seltsame geometrische Formen am Himmel: Ein purpurnes Dreieck bewegte sich auf den schwarzen Umriss eines Achtecks zu, ein schwarzes Quadrat flog vorbei, Linien in allen Farben schossen hin und her. Ich hatte grosse Mühe, den Blick auf die Fahrbahn zu halten, immer wieder traten seltsame Formen vor mich, blendeten meinen Blick.

In Thurikon stieg in dann aus der Thurtalbahn aus, obwohl ich geschworen hätte, im Auto dorthin gefahren zu sein. Ich lief den kurzen Weg zu Eduards Haus, klopfte, bekam aber keine Antwort. Ich öffnete schliesslich die Tür, die nicht abgeschlossen war, und trat ein. Alles sah aus wie immer, nichts hatte sich scheinbar verändert. Auf dem Sofa liegend, wie das letzte Mal als ich ihn gesehen hatte, fand ich Eduard vor. Er schlief allerdings nicht, sondern schaute ins Leere. Er schien fast schon katatonisch.

„Hallo Eduard", sagte ich laut, „geht es dir gut?"

Ich sah, dass er irgendetwas murmelte, ohne mich überhaupt anzusehen, konnte aber nicht verstehen, was er sagte. Ich sorgte mich um meinen Freund und wollte sogleich einen Arzt rufen. Ich nahm das Telefon vom Hörer, doch ich fand mich daraufhin wieder vor dem Polybius-Videospiel. Es mussten Stunden vergangen sein, meine Füsse schmerzten, und ich bemerkte einen widerlich beissenden Gestank, sowie eine braune Pfütze unter mir. Ich hatte mich während des Spielens eingeschissen.

Ich wusch mich im Badezimmer ab, und lieh mir eine Jogginghose von Eduard, der immer noch katatonisch auf dem Sofa lag. Ich nahm mir vor, einen Arzt anzurufen, versäumte es aber trotzdem aus mir selbst unverständlichen Gründen. Draussen war es inzwischen Nacht, trotzdem schien die Sonne. Es war dunkel bei Sonnenschein. Als ich nach draussen ging, blendete mich das Licht, doch zugleich konnte ich kaum etwas sehen. Ich tastete mich zu meinem Auto, welches nahe von Eduards Haus stand, obwohl ich mich nun erinnerte, in der Thurtalbahn hergefahren zu sein. Ich stieg ein, und wollte nach Hause fahren, doch ich fand mich wieder von Polizei umgeben, als ich in eine Strassenlaterne gefahren war. Ein Polizist sagte mir etwas, was ich nicht verstehen konnte. Meine nächste Erinnerung ist, wie ich in eine Psychiatrie gebracht wurde.

Man stellte mir dort einige Fragen über meine Person, welche ich problemlos zu beantworten wusste. Schliesslich entschied man, mir vorerst den Führerschein zu entziehen, aber mich ohne weitere Anklage zu entlassen. Mir war es inzwischen egal, ich hatte Mühe genug, mich überhaupt zurechtzufinden. Ich erreichte irgendwann mein Haus, welcher Tag, welche Woche oder welcher Monat es war, war mir inzwischen schleierhaft. Ich war in dem Moment nur unendlich müde, und ich legte mich, ohne mich überhaupt noch umzuziehen, einfach in mein Bett.

Ich hatte den seltsamsten Traum in dieser Nacht. Erst sah ich erneut Formen und Linien, die sich bewegten und miteinander interagierten. Dann meinte ich plötzlich, die Wohnung stünde in Flammen. Überall war Rauch, mir war sehr heiss. Am Fusse meines Bettes sah ich einen Mann, er trug einen grauen Anzug, und sagte, er sei der Teufel. Trotzdem hatte ich in dem Moment keine Angst, denn seine Stimme war beruhigend, und er verhielt sich sehr anständig. Er sagte mir, er habe meinen Freund Eduard abgeholt. Dann, plötzlich, wachte ich schweissgebadet auf.

Ich bekam erneut einen Anruf. Ich meinte, er kam kurz nachdem ich aufgewacht war, oder wurde ich vielleicht vom Telefon geweckt? Ich weiss es nicht. Am Telefon war jemand von der Universität Thurikon, um mir zu sagen, dass Eduard Zehnder an einem Hirnschlag gestorben war, und ob ich den Körper identifizieren könne, sein nächster Verwandter wohne im Ausland, und habe noch nicht kontaktiert werden können. Ich sagte zu, ich würde mich sofort auf den Weg machen.

Ich fand mich kurz darauf beim Lagerhaus wieder. Ob ich nun den Körper meines Freundes identifiziert hatte, kann ich nicht sagen, aber irgendwie wusste ich, dass ich dorthin kommen musste, obgleich ich mich nicht erinnerte, einen Bescheid dazu bekommen zu haben. Der alte Wächter sprach nun mit mir, er meinte, zwei Männer in dunklen Anzügen wären gekommen und suchten den Inhaber meines Lagerhauses, daraufhin habe er mich angerufen. Ich erinnere mich an keinen solchen Anruf. Als der Alte mit mir sprach, konnte ich ihn kaum hören, als befände er sich hinter einer Wand, doch trotzdem verstand ich, was er mir sagte. Er meinte, er würde keine privaten Informationen ohne meine Zustimmung ausgeben, also hatte er die Männer fortgeschickt.

Ich ging anschliessend in das Lagerhaus, ohne eigentlich zu wissen warum. Das Innere des Gebäudes war stockfinster, doch ich konnte alles genau erkennen. Ich sah drei Männer herumstehen, in dunklen Anzügen gekleidet. Ich verstand nicht, wie diese Männer überhaupt da reingekommen waren, wenn der Wärter sie gar nicht hereingelassen hätte. Hatte er mich angelogen? Mein Blick wurde wieder verschwommen, ich kniff die Augen zu, um besser sehen zu können. Die Männer kamen auf mich zu, ich bekam ein sehr ungutes Gefühl und nahm instinktiv einige Schritte zurück. In dem Moment stolperte ich über ein Objekt, ohne erkennen zu können, was es überhaupt war. Ich bemerkte etwas an meiner Nase, fasste mit der Hand und erkannte, dass es Nasenbluten war. Vielleicht vom Sturz? Das Blut war auch sehr seltsam, rosa und klumpig. Als ich aufsah, standen die drei Männer über mir. Sie halfen mir auf, und erklärten, dass sie von der Spedition waren, für welche ich das Lager bereitstellen sollte. Ich fühlte mich dumm, so reagiert zu haben. Doch einer der Dreien kam mir bekannt vor, ich wusste nur nicht, woher. Der Gedanke liess mich nicht los, während ich mit ihm einige Nichtigkeiten zum Geschäft besprach. Als dies abgewickelt war, entschuldigte ich mich kurz, um nach draussen zu gehen, um zu rauchen, denn ich fühlte mich von der blendenden Dunkelheit der Lagerhalle benommen.

Draussen war es hell, trotzdem hatte ich nun Mühe etwas zu erkennen, als wäre es trotz der Sonne noch immer nicht genug Licht für meine Augen. Vorsichtig, um nicht zu stolpern, da ich den Boden nicht genau erkannte, lief ich bis zum Wächter und bat ihn um Feuer. Als ich an meiner Zigarette paffte, traf es mich plötzlich wie der Blitz, den Mann im Anzug hatte ich zuvor in meinem Traum gesehen, er hatte sich als der Teufel vorgestellt. War es möglich, dass ich mir nachträglich einbildete, ihn wiedererkannt zu haben? Es war sicherlich die vernünftigste Erklärung, doch ich schwor, dass ich den Mann aus meinem Traum wiedererkannt hatte.

Ich wurde von einem lauten Krachen abgelenkt, das ich aus dem Lagerhaus kommen hörte. Ich lief sofort hin, der Wächter kam mir hinterher. Ich sah hinein, doch es war leer. Auch die drei Männer in den dunklen Anzügen waren nicht mehr da. Ich fragte den Wächter, ob er gesehen hatte, wo diese Männer hin gegangen waren, doch er sagte, es sei gar niemand hier gewesen. Auch den Lärm hatte er nicht gehört.

Ich hatte in dieser Nacht erneut seltsame Träume, diesmal sah ich keine geometrischen Figuren mehr, sondern seltsame Kreaturen, einige sahen aus wie missgebildete Menschen, andere waren vollkommen abstrus, ich könnte eine solche Kreatur nur als eine menschliche Seekuh beschreiben, eine andere war einfach nur ein seltsamer Schleimklumpen mit vager humanoider Gestalt. Eine andere Kreatur bog sich mit ihrem langen, lederigen Hals über mich, an dessen Ende es keinen Kopf hatte, sondern nur eine dunkle Oberfläche, ähnlich einem Insektenauge.

Ich erwachte in einer Art Klinik, ich hatte Elektroden am Kopf befestigt, und war an das Bett gefesselt. An den vielen seltsamen Geräten, die keineswegs nach normalen medizinischen Apparaturen aussahen, sondern stattdessen metallen waren, mit vielen Rohren und Leitungen daran, befanden sich zwei der Männer, die ich zuvor im Lagerhaus gesehen hatte. Sie stellten mir Fragen zu meinem Zustand, wie es mir ginge, was ich sah und hörte. Ich versuchte zu antworten, doch mein Mund reagierte kaum, ich konnte fast nichts aussprechen.

Ich erwachte wieder schweissgebadet im Bett, sah um mich, doch ich konnte niemanden sehen. Draussen war es Tag, aber die Sonne war nirgends zu erkennen, obwohl keine einzige Wolke am Himmel war.

Ich wollte an diesem Tag das Grab meines Freundes Eduard Zehnder besuchen, da mir aber mein Führerschein entzogen worden war, musste ich den umständlichen Weg mit der Thurtalbahn tätigen. Ich war diese Strecke schon oft gefahren, doch diesmal erkannte ich die Landschaft nicht wieder. Statt der üblichen Hügel und des Grünlandes sah ich unmögliche Gebilde, Berge, die vom Himmel nach unten ragten, kreisrunde Bäume, Flüsse, die über der Bahn flossen. Die Farbe des Himmels wandelte sich, erst wurde er purpurrot, dann hellgrün, dann gelb. Immer wieder sah ich Kreaturen am Fenster vorbeiziehen, wie ich sie in meinem Traum gesehen hatte, schleimige Riesenschnecken, menschenähnliche Figuren ohne Kopf und dafür mit zahllosen Beinen, eine haarige Kugel, die nur an ihrer Bewegung als Lebewesen zu erkennen war. Ich sah ein Wesen, das innert kürzester Zeit die Evolution vom Urschleim bis hin zu einer hochentwickelten Lebensform durchlief, nur um sich dann erneut zum Urschleim zurückzubilden.

Als ich in Thurikon ankam, war es dunkel, was mir unmöglich schien, da die Fahrt keineswegs so lange dauerte, und ich früh aufgestanden war. Auch die leuchtenden Strassenlaternen erhellten kaum die Strassen, und so musste ich fast schon tastend den Weg bis zum Friedhof gehen. Als ich diesen erreichte, war der Anblick des Ortes wieder zur Normalität zurückgekehrt, es war ein angenehm sonniger Tag, die Vögel zwitscherten in den Bäumen, die Sonne schien am blauen Himmel. Ich kaufte in der Gärtnerei neben dem Friedhof bei einer freundlichen jungen Dame einige Blumen für Eduards Grab.

Es gab nicht wenige Leute, die an diesem Tag den Friedhof besuchten, ich suchte die Ruhestätte meines Freundes auf und stand eine Weile Bedächtig davor. Ich fühlte mich schuldig, ich meinte, dieses seltsame Videospiel hätte irgendwie seinen Hirnschlag ausgelöst, so wie es vielleicht auch meine Halluzinationen herbeigeführt hatte. Als ich mich vom Grab entfernte, war es erneut dunkel geworden, obgleich die Sonne noch schien. Ich konnte gerade so den Weg aus dem Friedhof finden. Als ich schon zum Eingang kam, sah ich plötzlich die drei Männer in den dunklen Anzügen, die ich im Lagerhaus gesehen hatte. Sie kamen auf mich zu. Der Friedhof war nun menschenleer, ich wusste nicht, wohin ich laufen sollte, um ihnen zu entgehen. Irgendwann standen sie bedrohlich vor mir.

„Sie sind Opfer eines Experimentes geworden", sagte einer der Männer, „ein Experiment, welches eigentlich schon lange eingestellt worden war. Sie haben das Spiel 'Polybius' gespielt." Woher wusste der Mann das? Die Situation war unheimlich. Meine Wahrnehmung wurde erneut verschwommen. Wie aus der Ferne konnte ich noch die Stimme dieses Mannes hören: „Dieses Spiel sendet gewisse Signale aus, welche von ihrem Unterbewusstsein aufgenommen werden, und dann ihre Sinneswahrnehmung angreift. Sie sind seit Tagen in Behandlung, wir versuchen ihnen zu helfen. Lassen sie uns ihnen helfen."

Ich wusste inzwischen nicht mehr, ob mein Erlebnis real oder geträumt war. Ich blickte um mich, und in der Dunkelheit konnte ich wieder seltsame Kreaturen sehen. In dem Moment, als ich sie sah, wurden sie offenbar auch auf mich aufmerksam, und krochen und krabbelten auf mich zu. Mein Herz raste, ich wollte nur weg von diesem Ort.

Ich lief los, schaffte es mit grosser Mühe den Weg aus dem Friedhofsgelände und in Richtung der Stadt zu finden. Doch die Stadt sah nicht aus, wie ich sie kannte. Die Häuser waren seltsame Gebilde, die geometrisch völlig unmöglich waren. Sie räkelten und verbogen sich durch Raum und Zeit, sie umgaben mich aber waren zugleich nicht gegenwärtig, wie eine Kulisse aus Rauch die sich vor mir auftat. Und überall sah ich bizarre, widerwärtige Kreaturen, die ich von meiner flüchtigen Betrachtung nur als ungeheures Ungeziefer beschreiben könnte.

Ich lief durch diesen unmöglichen Ort, welcher allen Regeln der Physik widersprach, doch ich konnte kaum noch laufen, denn ich wusste inzwischen nicht, wo oben und wo unten war. Der Boden verschwand unter meinen Füssen und erschien über mir wieder, ich musste mich drehen und lief nun Kopfüber weiter. Wohin, wusste ich inzwischen nicht mehr, denn ich hatte keine Ahnung, wo ich mich befand, wie ich aus dieser verdrehten Realität herauskommen sollte. Ich torkelte in Richtung des Horizontes, einen Hügel hinauf, welcher sich vollends um mich drehte, sodass ich mich wie im Inneren einer Kugel bewegte, und schliesslich wieder dort ankam, wo ich begonnen hatte.

Vor mir erschien eine dieser Kreaturen, eine Art von Wurm, der aus sich selber heraus Wuchs, und sich zu einer endlosen Form bildete. Er hatte keine Augen, doch ich spürte seinen Blick auf mir, er hatte keinen Mund und kein Gesicht, doch ich wusste, er sprach zu mir mit einer zarten Stimme, ohne dass ich ihn hörte.

„Das ist nicht deine Heimat", sagte der Wurm, „du musst hier fort."

Wie es mir einst passiert war, als ich dem seltsamen Klinikzimmer erwachte, reagierte mein Mund nicht auf meinen Wunsch zu sprechen, doch trotzdem wusste ich, dass der Wurm hörte, was ich sagte.

„Wo bin ich? Wo muss ich hin?", fragte ich.

„Du hast dich verirrt. Du musst zurück in deine Welt. Du kannst hier nicht bleiben", sagte die zarte Stimme des abscheulichen Wesens.

„Aber wie kann ich hier fort?", fragte ich erneut. Ich bekam nun keine Antwort mehr. Alles, was ich sah, schwand plötzlich dahin, und ich fand mich im Lagerhaus in einer Ecke kauernd wieder. Doch mein ganzes Umfeld zitterte und bildete Wellenformen, sodass ich kaum erkennen konnte, was überhaupt um mich herum war. Ich tastete mit den Händen, und bemerkte den kalten Steinboden und die Ziegelwände des Lagerraumes. Ich konnte schritte hören, die sich näherten, und erneut sah ich wieder diese unwirkliche Realität um mich, fand mich nicht im Lagerhaus sondern unter einem purpurnen Himmel wieder. Die Kreaturen bewegten sich an mir vorbei, beobachteten mich im Vorbeigehen, aber ich hörte sie nie wieder sprechen.

Dass man mich unzurechnungsfähig in einem Lagerhaus ausserhalb Winterthur fand, weiss ich nur, weil man es mir hier gesagt hat. Ich erkenne die Braille-Schrift, und kann mit ihnen reden. Doch ich bin nicht in ihrer Realität. Ich bin in der irrealen Welt mit den unmöglichen Kreaturen. Diese sehen mich, sie wissen ich bin hier. Doch sie wissen scheinbar nicht, was sie mit mir anfangen sollen. Ich habe mich inzwischen daran gewöhnt. Sie würden nicht glauben, an was man sich alles gewöhnt.

Lesen sie auch von A. M. Berger:

Aus dem Archiv der Universität Thurikon: 2. Band
Von aberranten Kreaturen und unaussprechlichen Kulten

Aus dem Archiv der Universität Thurikon: 3. Band
Die Schüler des Professor Grebenschtschikow

Mendacia - Die Verschwörung
Abenteuerroman

Epistemologie der Postmoderne: Eine kritische Auseinandersetzung mit dem Zeitgeist der neuen Epoche
Philosophisches Sachbuch